Jacques a dit...

Ouvrages de Jérôme Duhamel

Jacques a dit..., *Albin Michel*
La Fête des Perles, *Albin Michel, J'ai Lu*
Le Grand Méchant Bêtisier 1997, *Albin Michel*
Le Grand Méchant Bêtisier 1996, *Lattès-Albin Michel*
Le Grand Méchant Bêtisier 1995, *Lattès*
Le Grand Méchant Bêtisier 1994, *Albin Michel*
Le Grand Méchant Bêtisier 1993, *Albin Michel*
Le Grand Méchant Bêtisier 1992, *Albin Michel, Le Livre de Poche*
Grand Inventaire du Génie français en 365 objets, *Albin Michel*
Vous, les Français, *Albin Michel*
Lettre à Coluche, *Lattès*
Le Bêtisier du XXème siècle, *Lattès, Le Livre de Poche*
Sandwich à la folie, *Flammarion*
Dictionnaire de la politique et des politiciens, *Belfond-Acropole*
Encyclopédie de la méchanceté et de la bêtise, *Belfond-Acropole*
Le Mémorial du Québec, *Éditions du Mémorial (Montréal)*
Le Mémorial martiniquais, *Éditions du Mémorial (Fort-de-France)*

En collaboration avec Wolinski :
100 % Français, *Belfond, Presses Pocket*
Passeport pour l'amour, *Belfond*
Les Socialos, *Albin Michel*
Le Bal des ringards, *Albin Michel*

En collaboration avec Cabu :
Les Interdits de Cabu, *Albin Michel, Points Actuel (Le Seuil)*
Les Abrutis sont parmi nous, *Albin Michel, Points Actuel (Le Seuil)*
Secrets d'État, *Albin Michel*
Tonton Ier, roi de France, *Belfond*

En collaboration avec Jacques Faizant et Wolinski :
Tous Présidents !, *Denoël*

En collaboration avec Benoîte Groult :
Cette mâle assurance, *Albin Michel*

En collaboration avec Michel Oliver :
Grand Inventaire de la vraie cuisine française, *Albin Michel*

En collaboration avec Philippe Vandel :
Le Grand Bazar du pire et du n'importe quoi, *Albin Michel*

Jérôme Duhamel

Jacques a dit...

Albin Michel

Ouvrage réalisé avec la collaboration de

Géraldine Berger

Maquette intérieure : Gaëlle Chartier
Photos de couverture : J.-F. Campos/Vu

22, rue Huyghens 75014 Paris

ISBN : 2-226-08891-1

Avertissement

« Que restera-t-il du général de Gaulle ? », ironisait Henri Jeanson. « Des dates ! »
Le fameux éditorialiste du « Canard enchaîné », s'il vivait encore, n'aurait sûrement pas manqué de poser aujourd'hui semblable question sur l'actuel locataire de l'Élysée : « Que restera-t-il de Jacques Chirac ? »
Des dates ?
Des dates évidemment…
Sa naissance, le 29 novembre 1932, dans le cinquième arrondissement de Paris ; son mariage en mars 1956 avec Mlle Bernadette Chodron de Courcel ; l'entrée à l'ÉNA en 1957 et la sortie, au 16e rang de la promotion Vauban, en 1959 ; la première élection à l'Assemblée nationale en 1967 et, dans la foulée, le premier poste gouvernemental ; la disparition de Georges Pompidou en 1974 ; l'échec logique de 81 et celui, douloureux, de 88 ; les combats de la cohabitation 86 et les trahisons de 93 ; le sacre du printemps 95.

Des postes ?
Tant et tant de postes…
Du conseiller référendaire de la Cour des comptes au chargé de mission d'un Pompidou Premier ministre ; du jeune député de la Corrèze au trésorier de la fondation Claude Pompidou ; du secrétaire d'État aux Affaires sociales du général de Gaulle au Premier ministre de Giscard ; du ministre de l'Agriculture à celui de l'Intérieur ; du secrétaire général de l'UDR au fondateur du RPR ; du conseiller général de Meymac au maire de Paris ; du Premier ministre de Mitterrand au cinquième président de la Ve République.
Des actes ?
Certes, et non des moindres…
La création de l'ANPE, la négociation des accords de Grenelle en 1968, le soutien sans faille à la loi sur l'IVG de Simone Veil, le refus déterminé de la peine de mort, et tout ce qu'il a toujours voulu taire, comme son combat pour les handicapés.
Des mots ?
Ah oui, bien sûr, des mots…
Des mots en ribambelle d'interviews ou de discours, des mots en confidences ou en éclats, des mots pour séduire ou pour tuer, des mots pour l'ambition et des mots pour le cœur !

On a tout dit — et son contraire — du Chirac politique, de son itinéraire balisé d'incroyables mais vraies victoires, de ses fulgurances ou de ses errances. On a glosé, de portraits en biographies, sur ce destin où la tragédie le dispute toujours à la comédie. On a pu détester ce parangon de l'ambition ou vouer à sa pudeur cachée d'éternel adolescent la plus tendre des fidélités. On a trop dit le désir d'arriver et bien peu le besoin de servir.

Ce livre — ce livre des mots de Jacques Chirac — n'est pas un réquisitoire. Moins encore un acte d'accusation. S'il peut prêter à sourire, parfois, souvent, il se veut surtout le reflet d'une vie. D'une vie d'homme qui cherche en se cherchant. D'une vie où la vérité ne s'est jamais voulue « révélée », mais chaque jour forgée aux contraintes de la réalité. Un homme qui change n'est pas un homme changeant. Un homme qui doute est un homme qui cherche. On sait depuis si longtemps que seuls les imbéciles ne changent pas d'avis !

Voilà bientôt trois décennies que Jacques Chirac ne cesse de le répéter : le gaullisme est un pragmatisme et les dogmes immuables sont la marque des esprits clos. Et sans doute faut-il écouter Camus pour comprendre Chirac : « Il est vrai peut-être que les mots nous cachent davantage les choses invisibles qu'ils nous révèlent les visibles. »

À ceux qui s'étonneront que la forme de cet ouvrage privilégie, en apparence, l'humour, l'insolence ou la dérision, faudra-t-il expliquer que Jacques Chirac sut toujours être le premier à sourire de ses maladresses, à moquer tel ou tel de ses dérapages, à s'en vouloir de certaines erreurs ou d'incertains flottements, ou bien ceux-là comprendront-ils, au fil de ces pages, que, selon les mots de Jünger, « une erreur ne devient une faute que lorsqu'on ne veut pas en démordre. »
Si, au-delà des jugements partisans, il faut reconnaître à Jacques Chirac une qualité, c'est bien celle d'avoir toujours combattu — chez lui comme chez les autres — le goût des certitudes ou la tentation de l'infaillibilité…

En guise de préface

par Jacques Chirac

Je trouve que la technique qui consiste à isoler du contexte de l'époque des phrases prononcées il y a quinze ou vingt ans n'est pas honnête.

L'Événement du Jeudi (13 avril 1995).

Vous faites toujours état de citations incroyables dont on ne retrouve jamais la trace par la suite !

Europe 1, Club de la presse (25 juin 1978).

En Allemagne ou en Angleterre, on joue beaucoup moins au petit jeu des citations.

Libération (30 octobre 1984).

Je vais contester la quasi-totalité des choses que j'aurai dites, parce que je vais les trouver ridicules. Alors, de grâce, épargnez-moi.

Cité par P. Jouve et A. Magoudi,
Jacques Chirac : portrait total (Carrère, 1987).

J'ai dit beaucoup de choses qui ont été rapportées, d'autres qui ont été caricaturées.

V.S.D. (13 avril 1995).

Lorsque je lis des choses peu amènes sur moi, je sais que j'y ai une certaine responsabilité.

Cité par P. Jouve et A. Magoudi,
JACQUES CHIRAC : PORTRAIT TOTAL (Carrère, 1987).

Jacques a dit...
de A à Z

Administration

■ Nous avons laissé se développer le pouvoir excessif de l'Administration, une réglementation incompréhensible, des contrôles, des contraintes de plus en plus mal supportés.

L'Express (13 février 1978).

■ Nous avons en France une Administration, une haute fonction publique d'une incontestable qualité, par son efficacité et son honnêteté. On la tient probablement pour une des premières du monde.

Le Quotidien de Paris (14 novembre 1984).

> *Nombreux sont ceux qui se disent : ces gens-là condamnent la bureaucratie que voudrait instituer l'opposition, mais ils la laissent, eux aussi, se développer. Il y a incontestablement entre nos propos et l'action [...] une distorsion qui explique, en partie, l'érosion de la majorité.*
>
> *L'Express (13 février 1978).*

Adversaires

■ J'ai toujours respecté les hommes qui se battaient pour d'autres idées que les miennes.

LE FIGARO (17 mars 1978).

■ Ne rendez aucun hommage aux adversaires, à la générosité de leurs intentions et tout le baratin habituel.

Au soir des élections cantonales,
le 14 mars 1976, cité par Thierry Desjardins,
L'HOMME QUI N'AIME PAS LES DÎNERS EN VILLE (Édition° 1, 1995).

Les coups bas ne servent à rien.
Il faut convaincre et non s'amuser devant les médias.

LE FIGARO (16 juin 1990).

Il ne faut pas blesser une bête : on la caresse ou on la tue.

Cité par Véziane de Vezins,
L'ANNÉE CHIRAC : L'AVENIR À BRAS-LE-CORPS (Lattès, 1996).

ALIMENTATION

J'apprécie beaucoup plus le pain, le pâté, le saucisson, que les limitations de vitesse.

L'AUTO-JOURNAL (1er août 1977).

Je ne suis pas quelqu'un qui mange légèrement. J'aime bien une cuisine un peu recherchée, qu'on accuse en général d'être lourde.

FRANCE-SOIR (16 juin 1977).

Je suis un gros mangeur de tête de veau, et je m'en porte très bien.

LE PARISIEN (11 septembre 1980).

Les sandwichs ultra frais, c'est une affaire qui va aller de l'avant ! [...] J'aime beaucoup les sandwichs !

À la préfecture du Pas-de-Calais (30 septembre 1996).

[Dans le bœuf], nous dédaignons les morceaux que nos partenaires européens mangent ou qui exigent une trop longue préparation. Et pourtant, une bonne queue de bœuf, en daube, c'est bon !

L'AURORE (26 janvier 1994).

J'aime tout ce qui est bon, à condition que ce soit suffisamment copieux.

FRANCE-SOIR (16 juin 1977).

Alternative

■ J'ai souhaité ouvrir le débat en affirmant l'existence d'une alternative politique.

La France pour tous (Nil éditions, 1994).

■ Il n'y a pas d'alternative à la politique du gouvernement.

En Conseil des ministres (13 décembre 1995).

> ***Quand je pense qu'un autre que Juppé pourrait être à Matignon, j'en frémis !***
>
> *Au cours de l'hiver 1996, cité par Véziane de Vezins, L'Année Chirac : l'avenir à bras-le-corps (Lattès, 1996).*
>
> ***Quand le navire est dans la tempête, ce n'est certainement pas la mutinerie à bord qui permet de conduire les passagers à bon port.***
>
> *Devant le Conseil national de l'UDR (15 décembre 1974).*

Amérique

■ Les Américains font des choses formidables en matière de culture dans bien des domaines.

TIME EUROPE (4 décembre 1995).

■ Je ne veux pas que, pour des raisons économiques, et qui n'ont rien de culturel, la culture européenne soit stérilisée ou effacée par la culture américaine.

TIME EUROPE (4 décembre 1995).

> *En 1492, et contrairement aux idées reçues, l'Amérique ne sortait pas du néant. Si ce n'est aux yeux des seuls Européens et pour le malheur des Amérindiens. [...] Oui, notre civilisation européenne reste à jamais comptable de ce qui fut commis là-bas.*
>
> *Rencontre des communautés amérindiennes à l'Élysée (21 juin 1996).*

Angleterre

■ Si l'Angleterre n'accepte pas les conséquences de sa signature, il faut qu'elle s'en aille.

R.T.L., Le Journal inattendu (17 mai 1980).

■ Il n'est pas convenable de dire que je veux bouter les Anglais hors de l'Europe.

T.F.1., Politiques (27 mars 1984).

J'ai évolué, comme tout un chacun : un long parcours m'a permis d'affirmer mes convictions foncières à l'épreuve des faits.

La France pour tous (Nil éditions, 1994).

La diplomatie anglo-saxonne, qu'elle soit américaine ou anglaise, n'a qu'une idée, c'est de torpiller l'Europe...

R.M.C., Forum (25 avril 1980).

ANIMAUX

Un bouc se caractérise par quatre pattes, des sabots, des cornes, et quelques autres éléments dont je constate qu'ils sont réunis, avec de fortes dimensions...

LA LUEUR DE L'ESPÉRANCE (La Table Ronde, 1978).

Comme tous les veaux, naturellement, ne peuvent pas devenir des bœufs, alors il faut bien aussi les manger. D'où l'importance de sauvegarder la tête de veau.

Voyage à Londres (17 mai 1996).

Je crois très profondément que la présence d'un animal au sein d'une famille est un facteur important d'équilibre. [...] Vous savez que j'ai deux chiens, Socrate et Maskou. Ils vivent avec moi en famille et j'y suis très attaché.

FRANCE-SOIR (5 octobre 1991).

Je reviens encore souvent à Sainte-Féréole... Je vais voir mes amis dans les fermes. On tue le cochon ensemble et je repars avec un jambon.

LE PARISIEN LIBÉRÉ (21 janvier 1977)

Chasser ? Ah non, jamais ! Non, non ! Je n'ai jamais chassé. Je ne suis pas du tout chasseur. [...] L'idée de tuer des animaux ne me vient pas à l'esprit. D'abord, j'adore les animaux. Ensuite, si je faisais une chose pareille, ma fille ne me le pardonnerait pas.

T.F.1., JACQUES CHIRAC : AUTOPORTRAIT (21 janvier 1987).

Apocalypse

■ Voilà quinze jours seulement que l'élection [de M. Mitterrand] a eu lieu. Voilà quatre jours que le gouvernement a pris ses fonctions. Je ne souhaite intenter de procès à personne, mais, d'ores et déjà, quels résultats ! La Banque de France a dépensé, pour soutenir le franc, des sommes considérables, représentant une bonne part de nos réserves en devises. À quoi il convient d'ajouter les dettes vis-à-vis des banques centrales intervenues dans le cadre des accords monétaires européens. Par suite du glissement du franc, notre déficit commercial augmente, les importations coûtent plus cher, les exportations rapportent moins. [...] En France comme à l'étranger, on s'interroge sur la stabilité de nos finances publiques, sur l'équilibre de nos échanges, sur l'avenir même de notre économie.

Le Monde (28 mai 1981).

■ Pour ma part, je n'ai jamais annoncé ni le chaos, ni l'apocalypse.

Le Figaro Magazine (1er juin 1981).

Appel de Cochin

■ Je ne regrette pas du tout cet appel [...] Il était capital et s'il était à refaire, je le referais.

FRANCE-SOIR (3 juillet 1980).

■ Cela a été une erreur, c'est possible, mais c'est la mienne et celle de personne d'autre.

T.F.1., JACQUES CHIRAC : AUTOPORTRAIT (21 janvier 1987).

L'Appel de Cochin ? Bien sûr, je l'ai lu. Et je le resignerais aujourd'hui. En enlevant simplement une phrase que j'ai bêtement laissé passer.

Cité par Franz-Olivier Giesbert, JACQUES CHIRAC (Le Seuil, 1987).

Si j'ai très bonne mémoire, [Balladur] a émis certaines réserves sur mon appel de Cochin. Il avait raison.

Cité par Thierry Desjardins, L'HOMME QUI N'AIME PAS LES DÎNERS EN VILLE (Édition° 1, 1995).

Arrivée

■ Vouloir arriver pour arriver, cette ambition, je ne l'ai pas.

En 1969, cité Robert Madjar,
L'Autre Chirac : le président raconté par les siens
(Michel Lafon, 1995).

■ Comme quelques-uns d'entre vous ne l'avaient pas totalement exclu, j'ai été élu président de la République.

Cérémonie des vœux à la presse (15 janvier 1996).

Quand le roi revient de Reims, il n'est plus jamais le même.

Cité par Franz-Olivier Giesbert, Jacques Chirac (Le Seuil, 1987).

Moi, la politique, vous savez, par moments, j'en ai ma claque. J'ai beaucoup donné !

Cité par Thierry Desjardins,
L'Homme qui n'aime pas les dîners en ville (Édition° 1, 1995).

Assemblées régionales

■ Pas plus demain qu'hier le RPR n'acceptera [...] l'élection d'assemblées régionales au suffrage universel...

V.S.D. (18 juin 1981).

■ Nous avons fait heureusement la décentralisation...

Discours à la mairie d'Arras, Pas-de-Calais (29 septembre 1996).

L'élection d'assemblées au suffrage universel désignant leur exécutif régional contient un germe délétère de l'unité nationale. Nous n'avons pas le droit de prendre un tel risque pour ce pays.

Discours au 64ᵉ congrès de l'Association des maires de France, à Paris (5 novembre 1981).

Mon discours n'a jamais changé !

LIBÉRATION (30 mars 1996).

Augmentations de salaires

■ Nous ne sommes pas en situation d'améliorer le pouvoir d'achat. Il faut le savoir, et que chacun le sache.

Forum F.R.3.-R.M.C. (2 août 1987).

■ Il faut faire des augmentations. [...] En France, les salaires sont relativement inférieurs à ceux de pays comme l'Allemagne.

T.F.1., 7 sur 7 (2 avril 1995).

Je trouve l'éventail des salaires trop important en France [...]. Personne ne devrait gagner plus de 10 000 francs par mois.

Le Point (13 août 1973).

J'ai peu de besoins. Ma femme non plus. Je n'ai pas de fortune.

Le Point (13 août 1973).

Autobiographie

Je vais vous raconter une petite histoire qui vous éclairera. Il y a un homme que j'aime beaucoup car il est charmant. C'est Marcel Jullian. Un jour, il vient me voir et me dit : « Écoute, ce n'est pas possible, on écrit n'importe quoi sur toi. Tu as une image de marque déplorable, il faut absolument faire un livre sur toi. » Je réponds : « Marcel, c'est impossible, je n'ai pas le temps. » Il me dit : « Ce n'est pas du tout le problème. On va passer cinq soirées ensemble, de 20 heures à 2 heures du matin. Je t'interviewerai avec un magnéto et ensuite je restituerai moi-même le livre. »
Et nous voilà passant cinq soirées, effectivement très agréables. Nous avons parlé de tout et du reste, de mon enfance, de l'art, de la poésie. Un mois après, je vois revenir l'excellent Marcel, qui m'apporte un livre de 250, 300 pages dactylographiées. « Voilà ton livre, me dit-il, tu n'as qu'à le signer. » « Écoute, je n'ai jamais signé quelque chose que je n'ai pas écrit, je ne vais pas commencer aujourd'hui. Mais toi, tu peux le signer. » Je lis le livre et là, j'ai été stupéfait. Je m'exerçais — de mon point de vue — à une sorte de strip-tease aimable, sympathique. Je n'ai pas pu… J'ai dit à Marcel : « Non, ce n'est pas possible ! »

Cité par P. Jouve et A. Magoudi,
Jacques Chirac : portrait total (Carrère, 1987).

Autorité

■ Je n'ai jamais eu le sentiment de me comporter de façon autoritaire.

LE NOUVEL OBSERVATEUR (3 février 1975).

■ La démocratie doit être un régime d'autorité...

L'EXPRESS (13 février 1978).

Un chef, c'est fait pour cheffer.

LE FIGARO MAGAZINE (20 juin 1992).

Je suis prêt à tout entendre, mais je déteste qu'on me viole. J'ai cette espèce de défense naturelle. Il y a un moment où, ayant tout entendu, je prends ma décision. Elle peut être bonne. Elle peut être mauvaise. Elle a souvent été bonne. Elle a souvent été mauvaise.

Cité par P. Jouve et A. Magoudi,
JACQUES CHIRAC : PORTRAIT TOTAL (Carrère, 1987).

Autre politique

■ Il y a toujours une autre politique.

En février 1995, cité par Véziane de Vezins,
L'ANNÉE CHIRAC : L'AVENIR À BRAS-LE-CORPS (Lattès, 1996).

■ L'autre politique, je constate qu'on n'en parle plus…

Entretien télévisé (14 juillet 1996).

Il est hors de question de changer de cap.

Cité par LE POINT (9 novembre 1996).

Chacun d'entre nous sait, au fond de lui-même, qu'il n'y a jamais — quoi qu'on en dise — une seule solution possible.

À Égletons, Corrèze (2 juin 1995).

On s'est interdit le retour en arrière qui serait une régression.

LIBÉRATION (10 octobre 1996).

Balladur (Édouard)

■ Depuis des années, j'ai donné à Édouard Balladur toute ma confiance et aussi mon amitié. [...] Je ne le regrette pas.

Le Figaro (5 septembre 1994).

■ Il faut le savoir tout de même : qui a trahi, trahira... Il y a en tout cas des gens auxquels je ne ferai plus jamais confiance.

Le Figaro Magazine (8 avril 1995).

> *Pour sortir des crises, il faut rassembler ; et nous aurons besoin de toutes les énergies. Pour cela, il faut pardonner.*
>
> *Le Figaro Magazine (25 mars 1995).*
>
> *— Quel est pour vous le comble de la misère ?*
> *— La déception.*
>
> *Réponse à une question de PPDA,*
> *Le Journal du Dimanche (janvier 1988).*

Balladur (Édouard)

■ Pour avoir la peau de Balladur, il faudra me tuer.

En 1990, cité par Ghislaine Ottenheimer,
LES DEUX NICOLAS : LA MACHINE BALLADUR (Plon, 1994).

■ S'il veut la confrontation, il l'aura. Je perdrai peut-être, mais lui finira en loques.

Cité par R. Bacqué et D. Saverot,
CHIRAC PRÉSIDENT, LES COULISSES D'UNE VICTOIRE (Le Rocher/DBW, 1995).

J'ai été un peu surpris par l'agressivité d'Édouard Balladur...

T.F.1. (27 mars 1995).

Lorsque j'engage un combat, il ne me vient pas à l'idée que je puisse le perdre.

L'EXPRESS (13 février 1978).

Balladur (Édouard)

■ Mais non, on exagère beaucoup en parlant d'un différend entre Balladur et moi.

Cité par Thierry Desjardins,
L'Homme qui n'aime pas les dîners en ville (Édition° 1, 1995).

■ Balladur avait affirmé qu'en aucun cas un Premier ministre ne pourrait être candidat, ce qui ne l'a pas empêché de changer d'avis. Les hommes changent et le pouvoir change les hommes.

T.F.1., 7 sur 7 (2 avril 1995).

Je me suis trompé, c'est ma faute. Je me suis trompé sur tout, y compris sur sa santé. Je pensais qu'il allait être épuisé, or il est dans une forme éblouissante.

Cité par Ghislaine Ottenheimer,
Les Deux Nicolas : la machine Balladur (Plon, 1994).

Balladur (Édouard)

■ Nous servons, lui et moi, la même cause. Sachez-le, jamais nos rapports ne s'inscriront dans un contexte de concurrence.

Aux journées parlementaires du RPR, à La Rochelle (26 septembre 1993).

■ Édouard Balladur incarne une voie, j'en propose une autre. Il y a un choix à faire, les Français choisiront.

Meeting dans les Yvelines, le 7 février 1995, cité par M. Cotta, LES SECRETS D'UNE VICTOIRE (Flammarion, 1995).

Il ne peut y avoir la place pour deux crocodiles mâles dans le même marigot.

T.F.1., L'ÉVÉNEMENT (17 novembre 1977).

Certains sont entrés en politique avec pour viatique le culte forcené de leur personne et en guise de conviction la référence au sondage.

LA FRANCE POUR TOUS (Nil éditions, 1994).

Balladur (Édouard)

■ Édouard ne se présentera pas. Je le connais bien. Il n'ira pas jusqu'au bout. [...] Édouard n'a jamais eu de combat à livrer pour se faire élire. Il reculera devant l'épreuve.

L'Événement du Jeudi (22 décembre 1994).

■ Édouard Balladur est candidat. C'est un fait.

France-Inter (13 janvier 1995).

Il ne faut pas se lamenter sur la soupe versée.

Cité par Véziane de Vezins,
L'Année Chirac : l'avenir à bras-le-corps (Lattès, 1996).

J'ai commis des erreurs, je les ai analysées sans la moindre complaisance.

La France pour tous (Nil éditions, 1994).

Balladur (Édouard)

■ On peut dire ce que l'on veut d'Édouard Balladur, mais c'est un homme d'État.

En 1992, cité par Catherine Nay,
LE DAUPHIN ET LE RÉGENT (Grasset, 1994).

■ Il ne travaille pas, il ne fait rien, il consacre son temps aux personnalités politiques et aux médias !

Cité par Ghislaine Ottenheimer,
LES DEUX NICOLAS : LA MACHINE BALLADUR (Plon, 1994).

Je crois qu'Édouard n'a jamais accepté de veiller un peu tard sauf pour aller dîner chez des marquis et encore à condition qu'il soit sûr d'y rencontrer des princes du sang. Ah, les dîners mondains d'Édouard, ça me rendait fou !

Cité par Thierry Desjardins,
L'HOMME QUI N'AIME PAS LES DÎNERS EN VILLE (Édition° 1, 1995).

Balladur (Édouard)

■ Depuis un an, notre pays est gouverné avec sagesse et je n'imagine pas que les pouvoirs publics puissent faire beaucoup mieux en période de cohabitation.

UNE NOUVELLE FRANCE, RÉFLEXIONS 1 (Nil éditions, 1994).

■ Les gens qui disent : « Ne vous inquiétez pas, dormez, je veille », on sait ce que c'est. Ça n'a pas porté de bons fruits…

FRANCE 2 (9 janvier 1995).

Lorsque la prudence est partout, le courage n'est nulle part.

UNE NOUVELLE FRANCE, RÉFLEXIONS 1 (Nil éditions, 1994).

Les expressions que je déteste le plus quand il s'agit de la gestion de la France, c'est : « à vau-l'eau », « à la petite semaine », « au coup par coup » et… « vogue la galère ».

Cité par Thierry Desjardins,
L'HOMME QUI N'AIME PAS LES DÎNERS EN VILLE (Édition° 1, 1995).

Balladur (Édouard)

■ On dit de plus en plus, et pas seulement dans les milieux politiques, que finalement Bérégovoy et vous c'est la même chose.

À Édouard Balladur, au déjeuner des leaders de la majorité, à la préfecture des Yvelines (19 juillet 1993).

■ Le fait qu'on puisse assimiler Bérégovoy à Balladur n'est pas bon pour la majorité.

À la préfecture des Yvelines, le 19 juillet 1993, cité par Michèle Cotta, LES SECRETS D'UNE VICTOIRE (Flammarion, 1995).

Ceux qui s'inquiètent à l'idée que la discorde puisse s'introduire entre Édouard Balladur et moi peuvent être rassurés ! Ceux qui s'en réjouissent seront déçus.

Aux journées parlementaires du RPR, à La Rochelle (26 septembre 1993).

Balladur (Édouard)

■ J'avais la plus grande confiance en Balladur et [...] j'étais convaincu qu'il saurait parfaitement « préparer le terrain » non seulement pour mon élection mais aussi et surtout pour les grands changements que j'étais bien décidé à faire dès 1995.

Cité par Thierry Desjardins,
L'Homme qui n'aime pas les dîners en ville (Édition° 1, 1995).

■ Balladur ne tient que les promesses qu'il ne fait pas.

Cité par L'Express (16 février 1995).

Ce qui me désole, c'est qu'en France on vit au quotidien. De Gaulle, en 1962, pensait à l'an 2000. Aujourd'hui, on pense à mai 1995.

Cité par Thierry Desjardins,
L'Homme qui n'aime pas les dîners en ville (Édition° 1, 1995).

Sans principes, la politique ne serait qu'un jeu misérable.

La Revue des Deux Mondes (1975).

Balladuriens

Ils ne voient que des courbes… Ils savent peut-être compter mais ils ne savent faire que des additions !

Meeting à Tours (21 mars 1995).

Je n'ai jamais douté. Je voyais bien les sondages qui donnaient plus de 60 % à Édouard Balladur, mais je ne rencontrais pas de balladuriens sur le terrain.

Le Figaro (21 avril 1995).

[« Le Monde » est un] journal de faux-culs balladuriens.

Cité par Raymond Pronier,
L'Année Chirac : l'imposture permanente (Lattès, 1996).

Ils confondent le bien public avec les engouements passagers d'une opinion anesthésiée au préalable. L'idée de prendre une décision partiellement ou provisoirement impopulaire leur paraît saugrenue, presque obscène. Les péripéties préélectorales des six derniers mois de l'année 1994 ont poussé ces penchants velléitaires jusqu'à l'absurde…

La France pour tous (Nil éditions, 1994).

Je redoute le monopole du pouvoir confisqué par une minorité. Une minorité éloignée des Français, repliée sur elle-même, sécrétant un certain conformisme de la pensée, se partageant les places et les faveurs.

Meeting à Nice (3 avril 1995).

Barre (Raymond)

■ Je ne doute pas de sa volonté et je connais sa compétence. Je souhaite de tout cœur qu'il réussisse.

Aux assises départementales de l'UDR de Corrèze, à Égletons (3 octobre 1976).

■ À s'obstiner dans ses erreurs actuelles, le gouvernement prend le risque à la fois d'aggraver la dégradation de notre économie et de préparer l'accès du pouvoir aux socialistes et communistes.

L'Aurore (30 mai 1979).

Il y a très peu de gens qui soient peu influençables. Bien sûr, il y a des têtus, des brutes, mais ça s'apparente à une forme de crétinisme !

France-Soir (16 juin 1977).

Barre (Raymond)

■ Sur le plan économique, j'ai confirmé à M. Barre mon entier soutien au plan de redressement mis en œuvre par le gouvernement…

Déclaration à la presse (19 janvier 1977).

■ Le gouvernement n'existe pratiquement plus politiquement.

Antenne 2, Cartes sur table (17 mars 1980).

Chacun sait l'importance que Raymond Barre a sur l'échiquier politique français, personne ne le conteste et personne dans l'opposition ne peut faire autre chose que s'en réjouir.

R.M.C., Forum (8 juillet 1984).

Or, les pièges abondent, sous le ronronnement rassurant des banalités ou sous le pompeux verbiage des idéologies qui font chanter les lendemains fictifs.

La Lueur de l'espérance (La Table Ronde, 1978).

Barre (Raymond)

■ Si j'étais Premier ministre en ce moment, je ferais la même politique que le gouvernement actuel, la même politique que M. Barre. Je ne vois pas quelle autre politique pourrait être pratiquée; il n'y en a pas d'autre possible.

Discours à Caen (27 juillet 1977).

■ Le gouvernement [de M. Barre] accule ce pays en refusant d'infléchir en quoi que ce soit sa politique, en estimant qu'il a la vérité révélée, accule une très grande partie de nos concitoyens à la constatation suivante : ou le désespoir ou la révolution.

Antenne 2, Cartes sur table (2 avril 1979).

> *Sur le plan personnel, je n'ai jamais eu de problème avec Raymond Barre.*
>
> *Antenne 2, L'Heure de vérité (7 novembre 1983).*

Barre (Raymond)

■ Bien entendu, il peut y avoir entre Raymond Barre et moi, sur des points parfois importants, des points de vue différents.

Antenne 2, L'Heure de vérité (7 novembre 1983).

■ Sur l'essentiel, rien ne nous différencie.

Antenne 2, L'Heure de vérité (28 janvier 1985).

> *Les attaques personnelles n'ont jamais rien réglé, je n'en ai moi-même jamais formulé à l'encontre du Premier ministre [Raymond Barre]. Ce n'est pas convenable !*
>
> *Antenne 2, Cartes sur table (2 avril 1979).*
>
> *Je voudrais que l'on cesse de tout faire pour créer je ne sais quelle incompréhension, voire hostilité, entre M. Raymond Barre et moi-même.*
>
> *Ouest-France (26 juillet 1977).*

Bernadette

■ Je ne sais plus quel humoriste a dit : « Les femmes sont des hommes comme les autres. »

CONTEMPORAINE (décembre 1991).

■ Ma femme est un homme politique…

Cité par Véziane de Vezins,
L'ANNÉE CHIRAC : L'AVENIR À BRAS-LE-CORPS (Lattès, 1996).

> ***Lorsque mon beau-père a appris [que j'étais nommé secrétaire d'État, en 1967], il a dit à ma femme : « Vraiment, Bernadette, votre mari ne sait pas ce qu'il veut… Il vient à peine d'être élu député et voilà qu'il démissionne pour faire autre chose… »***
>
> *LES MILLE SOURCES, autobiographie inédite (1977).*

Bis repetitae

■ Le déclin commence lorsque l'homme se dit : « Que va-t-il se passer ? » au lieu de dire : « Que dois-je faire ? »

Au congrès extraordinaire du RPR (24 janvier 1987).

■ C'est le déclin quand l'homme dit : « Que va-t-il se passer ? » au lieu de dire : « Que vais-je faire ? »

UNE NOUVELLE FRANCE (Nil éditions, 1994).

Ce n'est jamais dans les délices de Capoue que l'on réalise les grands desseins ni les grands sursauts...

ANTENNE 2, L'HEURE DE VÉRITÉ (26 février 1986).

Bourse

■ La très grande majorité des actionnaires, eux, ne retrouvent pas grand-chose, en tout cas, des richesses que leur concours a permis de produire. Leur sort n'a guère été favorable jusqu'ici.

Aux journées parlementaires du RPR, à Menton (29 septembre 1977).

■ La crise en effet n'a pas été dure pour les détenteurs de gros capitaux : ils se sont enrichis sans effort, par de simples jeux d'écriture, tant il est vrai que l'argent appelle l'argent.

La France pour tous (Nil éditions, 1994).

Tous les Français sont favorables, les sondages le disent, à l'anonymat sur l'or, car ils ont tous une petite bourse avec quelques lingots d'or. *

Antenne 2, L'Heure de vérité (23 avril 1986).

** Précision du quotidien « Le Monde », trois jours après la déclaration ci-dessus : « M. Baudouin (porte-parole de Jacques Chirac) a indiqué que le Premier ministre tenait à rectifier ce lapsus et à préciser que, évoquant notamment les paysans, il avait voulu parler non de lingots, mais de "louis" d'or. »*

Campagne électorale

Dans une campagne électorale, quand vous voyez un buffet, il faut manger. Quand vous voyez des toilettes, il faut y aller.

Libération (27 mars 1995).

Pour éviter de boire trop, j'ai une technique formidable : on porte son verre aux lèvres, on le repose et on reprend le verre vide d'un autre.

Cité Par Franz-Olivier Giesbert, Jacques Chirac (Le Seuil, 1987).

On a dit que j'ai beaucoup arrosé. Mais, primo, c'était indispensable, car la Corrèze était un désert. Et, secundo, c'est un pays que j'aime.

L'Express (8 novembre 1976).

[Pour les affiches], les questions qu'on se pose sont surtout celles-ci : y en a-t-il suffisamment ? Ont-elles été placées au bon endroit ? Les voit-on bien ? Quels sont les malicieux qui ont éprouvé le besoin d'y dessiner une bulle ou de les déchirer ? Va-t-on remplacer assez vite celles qui ont été abîmées ?

Paris-Match (15 avril 1988).

Dans une campagne, il faut aller chercher les électeurs avec les dents.

Cité par Catherine Nay, Le Dauphin et le Régent (Grasset, 1994).

Candidats

■ C'est aux formations politiques et à elles seules [...] qu'il appartient de choisir leurs candidats et donner leurs investitures.

Aux assises nationales extraordinaires du RPR, à Paris (5 décembre 1976).

■ C'est aux Français et non aux états-majors parisiens de choisir ceux qui conduiront la politique du pays.

Au congrès extraordinaire du RPR, au parc floral de Vincennes (1er juin 1985).

J'ai connu un candidat de la majorité que j'ai été soutenir pas loin d'ici [en Corrèze]. Dans une ferme, je lui disais : « Caresse le cou du mouton ! » Rien à faire... Dans une mairie, je lui flanque un coup de coude pour lui faire comprendre qu'il devrait embrasser une vieille dame. Rien à faire non plus. Il a été battu : il ne l'a pas volé.

L'Express (8 novembre 1976).

Carrière

■ La seule carrière que j'ai réellement envisagée — autre que politique — c'est la carrière militaire.

Cité par C. Clessis, B. Prévost et P. Wajsman,
JACQUES CHIRAC OU LA RÉPUBLIQUE DES CADETS
(Presses de la Cité, 1972).

■ J'ai eu l'intention de faire une carrière de lieutenant au long cours dans la marine marchande...

T.F.1., interview pour un documentaire de François Reichenbach
(16 septembre 1976).

Je n'ai aucune vocation pour le trapèze volant.

Devant l'Union des jeunes pour le progrès,
à la Mutualité (27 octobre 1971).

CATHOLIQUE

Mon milieu familial a fait que j'ai découvert la vérité révélée en prenant mon petit déjeuner.

Cité par P. Jouve et A. Magoudi, JACQUES CHIRAC : PORTRAIT TOTAL (Carrère, 1987).

Je tâche de m'inspirer du message évangélique : mais ça ne regarde que ma conscience.

LA FRANCE POUR TOUS (Nil éditions, 1994).

Je suis, non seulement catholique par tradition familiale, mais encore pratiquant.

LA LUEUR DE L'ESPÉRANCE (La Table Ronde, 1978).

Le pape est un homme qui m'en impose au point que j'ai le sentiment qu'il est des choses que je n'oserais pas lui dire. C'est un sentiment que je crois n'avoir ressenti avec personne d'autre.

PARIS-MATCH (15 avril 1988).

Le chrétien déteste le péché, et y tombe.

LA LUEUR DE L'ESPÉRANCE (La Table Ronde, 1978).

Jeanne d'Arc n'est pas une héroïne d'extrême droite et la morale chrétienne n'est pas l'apanage d'une faction.

LA FRANCE POUR TOUS (Nil éditions, 1994).

Catholique

J'ai eu un certain nombre d'entretiens avec Jean-Paul II en tête à tête et je suis chaque fois impressionné. Au point de n'être pas tout à fait libre. Ce qui est chez moi assez rare. Je crois même n'avoir jamais éprouvé ce sentiment.

La Croix (20 janvier 1996).

Je n'ai pas oublié l'Évangile ni ce cri de saint Jean qui m'avait frappé et qui retentit toujours du fond des siècles : « Méfiez-vous des idoles… » Or, la race est une idole, la classe est une idole, le parti en est une aussi, et l'État et la patrie elle-même peuvent le devenir. Je veux dire par là que si, en tant que citoyens, les chrétiens doivent se dévouer à la chose publique, s'ils peuvent légitimement servir les causes qui leur tiennent à cœur, ce ne peut être que dans la mesure où les idées qu'ils servent ne sont pas devenues des idoles et où elles demeurent dans les limites que leur assigne leur conscience éclairée par l'enseignement de l'Évangile.

Le Figaro (19 septembre 1977).

Je suis persuadé que le XXIe siècle sera le siècle des nationalités et qu'il sera aussi le siècle d'un certain retour à la spiritualité.

L'Express (14 mai 1982).

Ceausescu (Nicolae)

■ Vous présidez aux destinées de la République socialiste de Roumanie que vous [avez] résolument engagée sur la voie de l'industrialisation et du progrès social.

Discours à l'occasion de la visite du président Ceausescu, à l'Hôtel de Ville de Paris (24 juillet 1980).

■ Depuis, il est clair que sa mégalomanie et sa folie meurtrière se sont développées.

LE FIGARO (26 décembre 1989).

Un poète arabe a écrit : « Fends le cœur d'un homme, tu y trouveras un soleil. » C'est vrai, mais l'écorce peut être plus ou moins résistante.

UNE NOUVELLE FRANCE, RÉFLEXIONS 1 (Nil éditions, 1994).

Changement

■ En réalité, je n'ai pas le sentiment d'avoir profondément changé.

Le Nouvel Observateur (3 février 1975).

■ — Avez-vous le sentiment d'avoir changé depuis votre élection ?
— J'ai changé de bière. Je suis passé de la Corona à la Kronenbourg 1664.

Cité par Ghislaine Ottenheimer, Le Fiasco (Albin Michel, 1996).

J'ai subi toutes les évolutions que peut subir un homme lorsqu'il substitue la réflexion à l'enthousiasme pur.

Le Nouveau Tintin (décembre 1976).

Il y a deux espèces d'hommes dans le monde politique. Il y a ceux qui ne changent pas et ceux qui changent. Moi, je fais partie de ceux qui ne changent pas.

Cité par Thierry Desjardins, L'Homme qui n'aime pas les dîners en ville (Édition° 1, 1995).

Chômage

■ Avec notre taux de chômage, nous sommes entrés dans la zone de danger : c'est tout le pays qui peut maintenant sauter en l'air.

Au Conseil des ministres (23 juillet 1975).

■ Nous sommes repartis sur une meilleure voie, nous apercevons la sortie du tunnel.

Au concours des reproducteurs de la race ovine limousine, à Meymac (17 août 1975).

Je sais bien qu'il ne faut pas assimiler automatiquement demandeurs d'emplois et chômeurs…

LA CROIX *(25 août 1980).*

Quand un homme revient chez lui le soir, vis-à vis de sa famille ou vis-à-vis de lui-même, il ne peut pas revenir simplement en disant : « J'ai été toucher mon allocation au guichet. » Il faut qu'il dise : « Je l'ai gagnée. »

ANTENNE 2, L'HEURE DE VÉRITÉ *(7 avril 1988).*

Chômage

■ Nous sommes actuellement dans une situation de plein emploi.

LE QUOTIDIEN DE PARIS (8 juillet 1974).

■ Avec 800 000 chômeurs, nous avons atteint le seuil au-delà duquel le pays saute en l'air.

À Catherine Nay, en juillet 1975, cité par Maurice Szafran,
CHIRAC OU LES PASSIONS DU POUVOIR (Grasset, 1986).

Je vous propose comme ambition pour les années qui viennent de dire catégoriquement : Non au chômage !

Discours à Montbéliard (6 mai 1977).

En vertu de sa propre jurisprudence sur les principes du préambule, le Conseil constitutionnel devrait annuler toute loi qui admet ou implique le chômage.

Discours à Colombes (3 juin 1977).

Chômage

■ Il faut sortir le pays de ce système où l'on paie les gens à ne rien faire au lieu de leur fournir du travail.

LE MONDE (15 avril 1980).

■ Le traitement social du chômage s'imposera encore pendant quelque temps.

EUROPE 1, CLUB DE LA PRESSE (8 février 1987).

Chaque fois qu'on augmente d'un point les salaires de ceux qui travaillent, on crée entre soixante mille et quatre-vingt mille chômeurs.

EUROPE 1, CLUB DE LA PRESSE (8 février 1987).

Faites attention, la statistique est toujours la troisième forme du mensonge.

LE NOUVEL OBSERVATEUR (16 juin 1980).

Chômage

■ Pour 1987, nous espérons une augmentation nette du nombre des emplois.

T.F.1. (30 novembre 1986).

■ Compte tenu du taux de croissance, on n'empêchera pas une augmentation du nombre des chômeurs...

ANTENNE 2, L'HEURE DE VÉRITÉ (25 mars 1987).

> *Il ne doit pas y avoir de licenciement sans offre de reclassement.*
>
> *Conférence de presse (19 juin 1974).*
>
> *Le RMI n'est ni plus ni moins qu'une prison sans barreaux. On y reste de plus en plus longtemps, partagé entre les stages de formation et les bilans d'évaluation.*
>
> *LA CROIX (2 juillet 1992).*

Chômeur

■ Un chômeur coûte de l'ordre de 80 000 francs par an...

PARIS-MATCH (27 avril 1995).

■ Un chômeur représente, en moyenne, une charge de 120 000 francs par an pour la collectivité.

En 1995, cité par LIBÉRATION (12 août 1996).

Derrière les chiffres, il y a des hommes ; ne les oublions pas.

LA FRANCE POUR TOUS (Nil éditions, 1994).

Nous devons leur tendre la main et pas seulement leur tendre un chèque.

PARIS-MATCH (13 mai 1988).

Les handicapés sociaux sont aujourd'hui dans la situation des handicapés physiques et des handicapés mentaux hier : on a peur d'eux. Alors, on détourne les yeux.

Devant les étudiants d'Aix-en-Provence, cité par C. Clerc, JACQUES, ÉDOUARD, CHARLES, PHILIPPE ET LES AUTRES (Albin Michel, 1994).

Chômeur

Tout à coup, dans cette salle bondée, un interlocuteur que je ne vois pas tout de suite conteste le fait qu'on puisse envisager une augmentation des salaires.
Un de mes collaborateurs me prévient qu'il s'agit d'Alain Minc. L'occasion m'a paru trop belle.
Je lui ai dit : « Vous me demandez où on trouve l'argent, m'sieur Minc. Je vais vous raconter une histoire, un cas qui m'a été soumis : celui d'un chômeur, père de trois enfants. Assedic, puis RMI en fin de droits. La DASS place les trois enfants. Vous savez combien ça coûte, m'sieur Minc, un enfant à la DASS ? » Réponse inaudible de l'intéressé. Je poursuis : « Ça coûte de 500 à 900 francs par jour, près de 45 000 par mois. Voilà où elles sont les économies que vous cherchez, m'sieur Minc… »

Cité par Michèle Cotta,
Les Secrets d'une victoire (Flammarion, 1995).

Au XIXe siècle, certains croyaient déjà que la machine produirait le chômage. Or, au contraire, la mécanisation a abouti à multiplier les emplois dans l'industrie.

Le Figaro Magazine (28 avril 1979).

CIGARETTES

Je fumais des Gitanes. Mais, comme Pompidou fumait des Winston rouges, je me suis mis aux Winston rouges.

Cité par LIBÉRATION *(17 février 1995).*

Mais, enfin, on ne peut pas se refuser tout. Alors, je fume un paquet et demi à deux par jour.

FRANCE-SOIR *(16 juin 1977).*

J'ai décidé d'arrêter [de fumer] il y a trois mois. Mais je suis perplexe. On m'avait dit que j'aurais davantage de souffle : je ne vois pas la différence. On m'avait dit que je nagerais mieux : mon crawl est inchangé. Que je serais irritable : je ne le suis pas plus qu'avant. Que je grossirais : je n'ai pas pris un gramme. Que je ferais mieux l'amour : ma foi, bof !

JOURS DE FRANCE *(novembre 1988).*

[Quand j'ai arrêté de fumer], j'ai demandé à l'huissier qui, auparavant, vidait mes cendriers toutes les deux heures, de ne pas en parler. Au bout d'une semaine, quand même, j'ai dit à ma femme, à ma fille : « Vous n'avez rien remarqué ? » Et elles m'ont répondu : « Ah oui, tu es allé chez le coiffeur ! » Vous voyez, personne ne fait attention à moi…

LIBÉRATION *(17 février 1995).*

Clairvoyance

■ Kadhafi est un grand homme d'État.

À Jean Lecanuet, en 1974, cité par Catherine Nay, LE DAUPHIN ET LE RÉGENT (Grasset, 1994).

■ Vous savez bien que l'Irak est un pays pacifique qui est géré par des gens pacifiques.

À un journal marocain (septembre 1980), cité dans LA FAMILLE CHIRAC (Les Dossiers du Canard, octobre 1993).

> ***J'ai demandé à l'État non seulement d'ouvrir les yeux, mais de prendre des lunettes si c'est nécessaire.***
>
> *Entretien télévisé (14 juillet 1996).*

Cohabitation

■ Je n'ai aucune intention — cela doit être clair — d'assumer les fonctions de Premier ministre de M. Mitterrand et je n'ai aucune vocation à le faire.

GRAND JURY R.T.L.-LE MONDE (5 mai 1985).

■ J'ai toujours su au fond de moi que j'irais. Mon cœur me disait non mais ma raison commandait le oui.

Cité par Catherine Nay,
LE DAUPHIN ET LE RÉGENT (Grasset, 1994).

Je ne suis pas personnellement candidat à la cohabitation.

LE MONDE (14 décembre 1983).

Les prévisions sont difficiles, surtout lorsqu'elles concernent l'avenir.

LE FIGARO (février 1993).

Cohabitation

■ Je ne me sens aucune vocation particulière à être Premier ministre. Notamment pas dans un système qui comprendrait M. François Mitterrand, président de la République.

ANTENNE 2, L'HEURE DE VÉRITÉ (28 janvier 1985).

■ Il faudra donc assurer, conformément aux engagements pris pendant la campagne, les charges du gouvernement si l'opposition gagne.

ANTENNE 2, L'HEURE DE VÉRITÉ (28 janvier 1985).

Giscard lui-même m'a encouragé à aller à Matignon. [...] Mais s'il m'a poussé, c'est sûrement pour que je me casse la gueule.

Cité par LIBÉRATION (9 mai 1995).

Quand on va chasser dans les grands fonds, on n'y va pas en maillot de bain.

Cité par Franz-Olivier Giesbert, JACQUES CHIRAC (Le Seuil, 1987).

Cohabitation

■ Un arbitre, par définition, observe une partie, fait respecter le droit et siffle des pénalités à l'un ou l'autre camp. [...] Je n'ai pas eu le sentiment que le président de la République [M. Mitterrand] avait ce comportement et qu'il distribuait ses pénalités comme pourrait le faire un arbitre, tantôt à droite, tantôt à gauche.

EUROPE 1, DÉCOUVERTES (6 janvier 1987).

■ En fait, rien n'a empêché le gouvernement de mettre en œuvre les engagements qu'il avait pris devant les Français.

LE FIGARO (13 mars 1987).

> *Moi, je ne vois pas tout le temps la main du président [Mitterrand] dans la culotte de ma sœur.* *
>
> *À l'époque de la première cohabitation, cité par LIBÉRATION (9 mai 1995).*
>
> ** Ayant eu connaissance de cette sémillante remarque, François Mitterrand, d'après plusieurs ouvrages consultés, aurait alors sobrement commenté : « Tiens, je ne savais pas qu'il avait une sœur... »*

Cohabitation

■ Si l'ex-majorité se retrouvait majoritaire, il serait tout à fait possible de gouverner avec le président de la République [François Mitterrand].

Le Figaro Magazine (5 juin 1981).

■ Moi, j'ai toujours été contre le principe même de la cohabitation, car j'ai toujours pensé que, dès l'instant où un président était désavoué par une élection, il devait démissionner…

Cité par Thierry Desjardins, L'Homme qui n'aime pas les dîners en ville (Édition° 1, 1995).

Quand le chef est battu par plus jeune que lui, il quitte le village et s'enfonce dans la forêt. C'est fini pour lui. On ne le revoit plus.

Cité par J.-M. Colombani et J.-Y. Lhomeau, Le Mariage blanc (Grasset, 1986).

Rien ne peut obliger le président à se démettre. Donc attention ! Ne jouons pas avec les institutions !

Au Grand Jury R.T.L.-Le Monde (18 septembre 1983).

Cohabitation

■ Jamais plus d'une semaine ou une quinzaine sans que [M. Mitterrand] ne lance de pointe contre notre politique…

T.F.1., Ma cohabitation (7 décembre 1990).

■ J'aimais bien mes entretiens avec Mitterrand. C'était généralement courtois, parfois intéressant, toujours viril.

Cité par Thierry Desjardins,
L'Homme qui n'aime pas les dîners en ville (Édition° 1, 1995).

Le pouvoir ne se partage pas.

Cité par J.-M. Colombani et J.-Y. Lhomeau,
Le Mariage blanc (Grasset, 1986).

Je suis de ceux qui croient que
la loyauté implique la franchise.

Aux assises départementales de l'UDR de Corrèze,
à Égletons (3 octobre 1976).

Cohabitation

■ Le gouvernement n'a pas été empêché de gouverner.

ANTENNE 2, L'HEURE DE VÉRITÉ (25 mars 1987).

■ Je dois dire que le président de la République n'a pas raté une seule occasion, pendant ces vingt-six mois, de me tendre des pièges, de me provoquer des difficultés, de soutenir tous ceux qui pouvaient devenir mes adversaires, mes contestataires, et ce sans tenir le moins du monde compte de l'intérêt du pays.

Cité par Thierry Desjardins,
L'HOMME QUI N'AIME PAS LES DÎNERS EN VILLE (Édition° 1, 1995).

Cela marche bien tout de même.
Nous ne sommes pas des chiffonniers.

Cité par J.-M. Colombani et J.-Y. Lhomeau,
LE MARIAGE BLANC (Grasset, 1986).

Je souhaite ardemment que l'on sorte de la cohabitation !

T.F.1., LE MONDE EN FACE (14 janvier 1988).

Collaborateurs

■ Si on a pris le soin de bien s'entourer, le collaborateur responsable prend quatre-vingt dix-neuf fois sur cent la décision que vous auriez souhaitée, voire, de temps à autre, une décision meilleure.

Les Mille Sources, autobiographie inédite (1977).

■ On rapporte qu'un ministre des Finances, et non des moindres, sous la IVe République, venu reprendre contact avec sa circonscription, y fut vivement interpellé par ses électeurs. Ceux-ci lui firent lire un arrêté plus abracadabrant, sans doute, que de coutume.
« Ah ! dit le ministre, quelle bande de...
— Mais, monsieur le Président, c'est signé de vous.
— Justement, mes amis : voyez ce qu'ils me font faire ! »

Au congrès des maires RPR, à Paris (10 septembre 1977).

Je conserve des collaborateurs dont on me dit qu'ils sont insolents...

Paris-Match (15 avril 1988).

Communistes

■ Je suis allé voir pendant quelques mois ce qui se passait du côté du Parti communiste mais je n'ai jamais milité dans leurs rangs.

Cité par C. Clessis, B. Prévost et P. Wajsman,
JACQUES CHIRAC OU LA RÉPUBLIQUE DES CADETS (Presses de la Cité, 1972).

■ Quant au marxisme, on sait comment il a écrasé des dizaines de millions d'êtres humains sous le couvert d'une dictature du prolétariat qui était à la mode du temps où j'étais étudiant.

LA FRANCE POUR TOUS (Nil éditions, 1994).

Même dans la fièvre de mes vingt ans, un bon sens élémentaire me prémunissait contre la tentation des chimères idéologiques.

LA FRANCE POUR TOUS (Nil éditions, 1994).

J'aime la liberté ; c'est pourquoi, durant ma jeunesse, j'ai pris le parti de Raymond Aron contre Jean-Paul Sartre alors que certaines opinions de la gauche avaient tout pour me séduire.

LA FRANCE POUR TOUS (Nil éditions, 1994).

Confiance

■ M. Mitterrand a réussi à se faire élire en 1981 en promettant tout. Il n'a rien tenu. Ses promesses, je n'y crois plus !

R.M.C., FORUM (8 juillet 1984).

■ Ma nature me pousse spontanément à la confiance...

PARIS-MATCH (10 septembre 1992).

La France est un pays de bon sens, et c'est pourquoi je ne crois pas, je le répète, à l'élection d'un candidat socialiste.

L'EXPRESS (26 février 1988).

Si les hommes politiques ne pouvaient pas se tromper, depuis la mort du général de Gaulle, il n'en resterait aucun...

Cité par C. Clessis, B. Prévost et P. Wajsman, JACQUES CHIRAC OU LA RÉPUBLIQUE DES CADETS (Presses de la Cité, 1972).

Consensus

■ Qui dit « consensus » dit compromis et qui dit compromis risque fort de dire confusion et immobilisme.

PARIS-MATCH (13 septembre 1990).

■ Il y a donc une sorte de consensus général, ce qui est une grande force pour notre pays à l'égard de l'extérieur.

T.F.1., JOURNAL DE 13 HEURES (23 juin 1987).

Tout se rassemble et tout se ressemble dans une espèce de consensus mou.

LE NOUVEL OBSERVATEUR (12 janvier 1995).

La recherche de l'unanimisme est la pire des choses en politique.

Cité par Thierry Desjardins,
L'HOMME QUI N'AIME PAS LES DÎNERS EN VILLE (Édition° 1, 1995).

Coups et blessures

Il m'est arrivé de me faire casser la figure. […] Je suis revenu souvent avec l'œil au beurre noir, la lèvre un peu fendue, la peau du dos râpée, les genoux couronnés, c'était le lieu commun. J'ai plein de petites cicatrices qui sont le témoignage de cette enfance.

Cité par P. Jouve et A. Magoudi, Jacques Chirac : portrait total *(Carrère, 1987).*

Toubon, c'est le seul à qui je donne des claques sur le nez.

Le Point *(février 1988).*

Pour un officier, [le nerf de bœuf] c'est un instrument qui est presque plus utile qu'une arme. J'en faisais usage quand les gens se comportaient mal avec les Algériens pendant les opérations de ratissage ou quand, dans une embuscade, ils commençaient à s'affoler un peu et tiraient dans tous les sens. Un coup, juste un coup. Pas pour les punir, non, pour leur rappeler qu'ils devaient se maîtriser.

Cité par Franz-Olivier Giesbert, Jacques Chirac *(Le Seuil, 1987).*

Je tiendrai comme un frère quiconque éprouverait comme moi […] le besoin profond d'au moins casser une potiche. Mais sur la tête de qui ?

La Lueur de l'espérance *(La Table Ronde, 1978).*

À un moment donné, pour être des hommes d'État, les hommes politiques doivent tuer quelque chose en eux, se mutiler, s'amputer. Délibérément.

Les Mille Sources, *autobiographie inédite (1977).*

Critique

■ Le Français est un critique par essence, c'est un des ses charmes…

FRANCE-SOIR (4 septembre 1974).

■ Vous savez, dans les champs de choux, quand il y en a un qui pousse trop vite, il prend toujours tous les orages. Alors il plie ou il casse, mais il en prend plein la g… C'est un peu ce qui m'est arrivé.

Cité par C. Clessis, B. Prévost et P. Wajsman,
JACQUES CHIRAC OU LA RÉPUBLIQUE DES CADETS (Presses de la Cité, 1972).

Contrairement à ce que certains pensent ou à la réputation que je peux avoir, je respecte les gens et j'ai horreur de les emmerder.

T.F.1., JACQUES CHIRAC : AUTOPORTRAIT (21 janvier 1987).

Croissance

■ Il faudra s'habituer à une économie dont la croissance sera modeste.

Déclaration (23 septembre 1974).

■ Dans cinq ans la France sera, en matière de croissance économique, ce qu'elle a été dans le passé, le premier pays industrialisé du monde.

ANTENNE 2, JOURNAL DE 20 HEURES (8 septembre 1987).

Il n'y a pas d'autre moteur que le profit !

T.F.1., L'ENJEU (13 septembre 1984).

Le monde n'est pas le palais de Dame Tartine, c'est entendu, mais il ne l'a jamais été, et, selon toute vraisemblance, ne le sera jamais.

LA LUEUR DE L'ESPÉRANCE (La Table Ronde, 1978).

Déception

■ Les espoirs suscités par mon élection ne seront pas déçus.

Vœux télévisés (31 décembre 1995).

■ Les Français sont inquiets. Les Français sont sceptiques. Les Français doutent de tout, y compris de notre aptitude à faire face.

LE FIGARO (18 octobre 1996).

Je sais que la conduite des affaires de l'État est chose difficile. Mais peut-être avais-je un peu sous-estimé la difficulté...

FRANCE 2 (26 octobre 1995).

Désabusés par les patenôtres, excédés par les promesses non tenues, minés par l'anxiété, [les Français] pourraient bien nous retourner cet avertissement de Napoléon à ses généraux :
« Je suis prêt à vous donner tout ce que vous voudrez, sauf du temps. »

UNE NOUVELLE FRANCE, RÉFLEXIONS 1 (Nil éditions, 1994).

DÉJECTIONS CANINES

J'ai moi-même deux chiens. Je ne suis donc pas contre les chiens. J'ai aussi deux enfants, et j'ai pu observer le souci de ma femme lorsqu'elle les voit rentrer dans l'appartement après avoir écrasé un certain nombre de ces éléments impurs…

LE JOURNAL DU DIMANCHE (24 avril 1977).

La question de la propreté canine me préoccupe car je constate qu'un simple problème de discipline peut opposer deux groupes de citoyens : les pro-chiens et les anti-chiens, ce qui diminue les chances d'un discours raisonnable.

MADAME FIGARO (4 février 1989).

Nous allons expérimenter le « canipoche » (petite pochette en papier munie d'une pelle en carton), qui sera le secours du propriétaire d'un chien étourdi.

MADAME FIGARO (4 février 1989).

Un autre élément, qui existe dans certaines villes, est l'existence, sur les trottoirs, à intervalles réguliers, de petits espaces où sont disposés des cailloux et du sable, destinés à permettre à ces bonnes bêtes de se soulager… Je suis en train de faire étudier tout cela.

LE JOURNAL DU DIMANCHE (24 avril 1977).

Délai

■ Quand un régime change, il ne faut pas six mois pour créer un élan et un espoir, il faut quelques semaines.

EUROPE 1, CLUB DE LA PRESSE (15 novembre 1981).

■ Ce n'est pas sur cent jours qu'on juge un gouvernement qui a le temps pour lui et inscrit son action dans un septennat qui commence.

LE POINT (2 septembre 1995).

Il ne faut pas confondre hâte et précipitation.

Conférence de presse (21 juillet 1986).

Plus la ficelle est grosse, plus la machine fonctionne.

Cité par J.-M. Colombani et J.-Y. Lhomeau, LE MARIAGE BLANC (Grasset, 1986).

Démission

■ Un homme politique ne démissionne pas : à mon avis, il ne doit pas lâcher prise.

Antenne 2 (23 juin 1976).

■ Comme je ne dispose pas des moyens que j'estime nécessaires pour assumer efficacement les fonctions de Premier ministre, dans ces conditions, j'ai décidé d'y mettre fin.

Déclaration télévisée à l'Hôtel Matignon (25 août 1976).

S'il y avait divergence de vue entre le président de la République et le Premier ministre, c'est le second qui devrait en tirer les conséquences et se retirer.

Le Quotidien de Paris (8 juillet 1974).

La langue de bois est une de mes spécialités...

T.F.1., Jacques Chirac : autoportrait (21 janvier 1987).

Démission

■ Personne ne peut obliger un président à se démettre.

R.T.L. (18 septembre 1983).

■ Si notre victoire est, comme je le devine, écrasante, peut-être devrions-nous exiger que François Mitterrand démissionne ?

En 1992, cité par Catherine Nay,
Le Dauphin et le Régent (Grasset, 1994).

Rien ne permet à une majorité nouvelle élue à l'Assemblée nationale de renvoyer, en quelque sorte, le président de la République. Cela est clair.

Au Grand Jury R.T.L.-Le Monde (7 octobre 1984).

— Avez-vous l'impression d'avoir trop parlé dans le passé ?
— Peut-être !

Le Figaro (27 septembre 1989).

Désarmement

■ Nous devons augmenter le budget militaire de la France...

Europe 1, Club de la presse (24 février 1980).

■ Nous sommes, d'une manière générale, favorable au désarmement...

Le Monde (8 juillet 1987).

On ne peut pas en rester éternellement à l'armée de grand-papa.

Cité par L'Express (22 février 1996).

Je fais partie de ces gens qui reconnaissent « La Marseillaise » quand ils voient tout le monde se lever.

Cité par Hélène Vida,
Mes hommes politiques (Belfond, 1977).

Diplômes

■ Les diplômes nationaux ? Ah ! Fichtre ! Bien sûr qu'il ne faut pas y toucher ! [...] Les diplômes nationaux sont le socle même de notre système d'éducation.

T.F.1. (30 novembre 1986).

■ Quatre-vingts pour cent de bacheliers, c'est un leurre...

PARIS-MATCH (19 septembre 1992).

J'ai commencé à travailler en classe de première. Auparavant, tout mon problème, c'était de ne pas avoir d'examen de rattrapage à l'automne, ce qui aurait gâché toutes mes grandes vacances. Je me suis donc arrangé pour passer toujours au ras de la barre. Mon unique but dans la vie, c'était de me promener.

Cité par Franz-Olivier Giesbert, JACQUES CHIRAC (Le Seuil, 1987).

Diplômes

■ Tous les bacheliers, sans exception, par définition, ont vocation à entrer à l'université et pourront y entrer.

T.F.1. (30 novembre 1986).

■ Mieux vaut un bon métier qu'un diplôme sans débouchés.

LA FRANCE POUR TOUS (Nil éditions, 1994).

J'étudiais. Beaucoup. Et je n'avais pas le temps de faire autre chose. Je n'allais pas au théâtre et je ne me rendais au cinéma que pour voir les seuls westerns. [...] Je ne faisais pas les boîtes de nuit. D'ailleurs, je dansais très mal. En revanche, je traînais volontiers dans les cafés.

Cité par Maurice Szafran, CHIRAC OU LES PASSIONS DU POUVOIR (Grasset, 1986).

Pour être franc, ça me cassait les bonbons, ces histoires de maths...

Cité par Franz-Olivier Giesbert, JACQUES CHIRAC (Le Seuil, 1987).

Droite

■ [La droite], c'est une étiquette que l'on tente toujours de nous accrocher, une image que l'on essaie de nous donner. Ce jeu fait partie du jeu politique. Ni l'étiquette ni l'image ne correspondent à une quelconque réalité.

Le Figaro Magazine (23 janvier 1982).

■ Un jour, dans ma circonscription, on m'a demandé si j'étais gaulliste et si je me situais à gauche. J'ai répondu que j'étais gaulliste et de droite...

Cité par Jean Bothorel,
Le Pharaon, histoire du septennat giscardien (Grasset, 1983).

> *Je sais que j'ai une gueule de droite, mais on ne peut pas se refaire.*
>
> *En 1990, cité par Libération (9 mai 1995).*
>
> *Le RPR, parti de droite ?... C'est la méthode Coué ! On a cru qu'il suffisait de le dire et de le répéter pour que ça marche. Or, ça n'a pas marché. D'ailleurs, ça ne veut plus rien dire...*
>
> *T.F.1., L'Événement (18 janvier 1978).*

Éducation nationale

J'ai la nostalgie des instituteurs de jadis qui, tel mon grand-père, inculquaient aux enfants des valeurs tout à fait élémentaires : la probité, la décence.

La France pour tous (Nil éditions, 1994).

Je trouve stupéfiant qu'en France on vous dise maintenant que, pour enseigner, il faut être obligatoirement fonctionnaire.

T.F.1., Politiques (27 mars 1984).

Je trouve consternant et totalement inadapté à la réalité l'adage simpliste « À l'école publique, fonds publics ; aux écoles privées, fonds privés. »

Paris-Match (9 mars 1984).

Ce n'est un secret pour personne que certains enseignants cherchent à inculquer à leurs élèves des idées politiques qui n'ont guère leur place dans le cadre scolaire.

Paris-Match (9 mars 1984).

L'école a besoin d'être aimée. Elle souffre d'être suspectée.

À la journée nationale de l'enseignement, organisée par le RPR, à Paris (12 novembre 1977).

Élargissement de l'Europe

■ Il faut [...] reconnaître que les mécanismes du Marché commun prévus initialement pour six pays [...] deviendraient tout à fait inadaptés et inefficaces s'ils devaient régir une communauté élargie à douze.

La Lueur de l'espérance (La Table Ronde, 1978).

■ On ne peut pas rester à douze. C'est une conception égoïste, étriquée, dépassée de l'Europe.

Paris-Match (3 février 1994).

Je ne crois pas à une Europe fabriquée à Bruxelles par des technocrates sans légitimité.

La France pour tous (Nil éditions, 1994).

Je souhaite que l'Europe se construise de façon pragmatique, à partir d'une Communauté ouverte sur les pays de l'Est quand ce sera possible.

Le Figaro (12 juillet 1990).

Emploi

■ L'emploi ne se décrète pas.

Au congrès extraordinaire du RPR (24 janvier 1987).

■ Quitte à provoquer le scepticisme, je dirais que le plein emploi peut être atteint.

LE FIGARO MAGAZINE (17 novembre 1994).

Nous ne devons pas laisser se répandre l'idée qu'il existe des métiers dégradants.

Discours à Montbéliard (6 mai 1977).

J'aimerais [...] faire rêver. Souvenez-vous de Napoléon qui disait à peu près : « J'ai gagné mes batailles avec les rêves de mes soldats endormis. »

FRANCE-SOIR (mars 1977).

É.N.A.

■ J'ai fait l'effort qu'il fallait pour être reçu à ce concours ; je n'en ai pas gardé un mauvais souvenir.

La Lueur de l'espérance (La Table Ronde, 1978).

■ À peine arrivé [à l'ÉNA], j'ai été pris à la gorge par l'ambiance démente qui régnait à l'école. Un esprit de compétition poussé jusqu'à l'exaspération nous entraînait dans une sarabande d'actes que l'on qualifierait aujourd'hui de débiles. On se battait au couteau dans le dessein de sortir en un rang permettant l'entrée dans un grand corps.

Cité par Le Figaro (8 mai 1995).

> ***À niveau de capacité égal, il est indiscutable que le fils d'ouvrier ou de paysan trouvera plus difficilement sa voie et qu'il rencontrera moins de débouchés que le citadin plus favorisé.***
>
> *À la journée nationale de l'enseignement, organisée par le RPR, à Paris (12 novembre 1977).*

Espagne et Portugal

■ Ce qu'on pouvait faire à six [...] sera complètement impossible demain si M. Mitterrand obtient satisfaction et que l'Espagne et le Portugal entrent dans la Communauté.

T.F.1., Politiques (27 mars 1984).

■ L'intérêt politique qui s'attache à mieux associer l'Espagne et le Portugal au destin de l'Europe occidentale ne fait aucun doute.

Oui à l'Europe (Le Figaro Magazine/Albatros, 1984).

Cette histoire d'élargissement [de l'Europe] est tout à fait absurde, je veux dire contraire à l'idée de construction européenne : à six déjà, cela marchait cahin-caha, à neuf cela s'est arrêté, se bloque et disparaît, alors à douze ou à treize... La Turquie maintenant est candidate. Demain, ce sera le Zimbabwe!

R.M.C., Forum (25 avril 1980).

Esprit critique

■ Je n'ai jamais contesté à quiconque le droit de critiquer la politique qui est la mienne.

ANTENNE 2, L'HEURE DE VÉRITÉ (25 mars 1987).

■ Prenons garde que notre esprit critique ne se transforme en esprit de dénigrement systématique…

Conférence de presse à Arras, Pas-de-Calais (30 septembre 1996).

J'ai traîné longtemps un dossier [aux Renseignements généraux] où j'étais taxé de dangereux contestataire.

Cité Par Hélène Vida,
MES HOMMES POLITIQUES (Belfond, 1977).

États d'âme

■ J'ai la simplicité de croire que mes états d'âme et mes humeurs n'intéressent personne…

La Lueur de l'espérance (La Table Ronde, 1978).

■ Je n'ai pas d'états d'âme : ça aide !

Le Point (24 mars 1986).

Je ne suis pas quelqu'un qui s'interroge indéfiniment sur lui-même.

France-Soir (16 juin 1977).

Ne cédez pas au syndrome de la petite phrase ! Si elle permet de vous mettre en valeur auprès des médias, elle dessert le gouvernement et vous coûtera cher au bout du compte.

À la réception du groupe RPR de l'Assemblée nationale, à l'Élysée (17 octobre 1996).

Étrangers

■ Les étrangers ne sont pas plus mauvais que les Français.

Le Figaro Magazine (1er février 1986).

■ À Paris, 42 % de délinquants interpellés sont étrangers. 75 % des interpellés pour trafic de drogue sont étrangers.

Le Figaro Magazine (1er février 1986).

> *Le travailleur français qui habite à la Goutte d'Or, dont la femme travaille et qui, ensemble, gagnent aux environs de quinze mille francs, qui voit sur le palier d'à côté, dans son HLM, entassée, une famille avec un père, trois ou quatre épouses, une vingtaine de gosses, et qui touche cinquante mille francs de prestations sociales, sans travailler naturellement, si vous ajoutez à cela le bruit et l'odeur, eh bien, le travailleur français sur le palier, il devient fou !*
>
> *Devant les militants du RPR, en juin 1991 à Orléans, cité par Libération (9 mai 1995).*

Europe

■ L'Europe est un thème consensuel.

Le Monde (30 janvier 1988).

■ Je ne nierai pas que nous ne partageons pas tous la même vision de l'Europe.

Le Figaro (12 juillet 1990).

J'entends gazouiller les apôtres de l'Europe miracle. Ils répètent qu'il suffit d'aller s'asseoir quelque part à Bruxelles, à Luxembourg ou à Strasbourg pour régler nos problèmes nationaux. Mais je constate qu'il ne sort de ces réunions que des déclarations d'intentions plus ou moins bonnes.

L'Aurore (30 mai 1979).

Comment pourrait-on faire pour contrer l'exportation des tulipes hollandaises ?

Voyage dans le Finistère (30 mai 1996).

Experts

■ Oui, les experts de l'UDF et du RPR ont beaucoup travaillé...

Les Échos (6 mars 1986).

■ Les experts sont impuissants à prévoir l'avenir. La seule chose qu'ils savent faire, c'est projeter le présent. Ils refusent d'essayer de nouvelles pistes.

Cité par Ghislaine Ottenheimer, Le Fiasco (Albin Michel, 1996).

Le gouvernement cherche à assurer le plein emploi et à supprimer le chômage, ce qui est malheureusement difficile, les experts le savent.

À l'Assemblée nationale, cité par Le Monde (27 octobre 1967).

Certains attendent peu de la politique. Ils s'en remettent aux experts, aux livres blancs. Mais les experts, sous Louis-Philippe, auraient sûrement conclu que le suffrage universel était impossible, que le travail des enfants était inévitable...

Meeting à Bordeaux (24 mars 1995).

Fabius (Laurent)

■ Il ne faut pas s'offusquer quand le renard mord.

Antenne 2 (23 juin 1976).

■ Monsieur Fabius, soyez gentil de me laisser parler et de cesser d'intervenir, un peu comme un roquet.

T.F.1., débat télévisé avec Laurent Fabius (26 octobre 1985).

Ce type [Fabius] est peut-être doué mais, quand il était petit, il devait arracher les ailes des mouches.

Après le débat télévisé avec Laurent Fabius, alors Premier ministre, T.F.1. (27 octobre 1985).

Je ne fais pas partie de ces donneurs de leçons qui voient davantage la paille dans l'œil de l'autre que la poutre dans le leur.

Cité par Le Nouvel Observateur (18 avril 1996).

Famille

Je suis né le 29 novembre 1932...

Cité par P. Jouve et A. Magoudi,
Jacques Chirac : portrait total (Carrère, 1987).

Ma mère, Marie-Louise, était en admiration devant moi.

Cité par Libération (17 février 1995).

Mon père avoisinait un mètre quatre-vingt-quinze. Il était sûr de lui, plus grand et plus fort que moi, ce qui lui conférait un avantage considérable. Je l'aimais beaucoup mais nos relations étaient plus clairement placées sous le signe de la hiérarchie que de l'amitié.

Cité par Franz-Olivier Giesbert, Jacques Chirac (Le Seuil, 1987).

Mes parents devaient avoir dans les 30 ou 35 ans quand je suis né. Je suis un tardillon.

Cité par P. Jouve et A. Magoudi,
Jacques Chirac : portrait total (Carrère, 1987).

J'étais fils unique. J'ai donc été un enfant très gâté, comme cela arrive très souvent. Ma mère était toujours très attentive à tout ce qui touchait à mon confort, à tout ce qui me concernait. Quand je travaillais, préparais mes examens, mon bachot ou Sciences-Po, il fallait que personne ne fasse de bruit dans la maison. Si des amis, à elle, venaient, il fallait ne pas faire de bruit pour ne pas déranger le petit. À quatre heures, on me portait la banane...

Cité par P. Jouve et A. Magoudi,
Jacques Chirac : portrait total (Carrère, 1987).

FAMILLE

Quand mon père m'engueulait, ça me terrifiait. J'ai probablement reçu quelques baffes, mais je n'en ai pas gardé le souvenir. Je me rappelle, en revanche, qu'en voulant, un jour, me donner un coup de pied dans le derrière il s'était fait très mal en se cognant contre un fauteuil.

Cité par Franz-Olivier Giesbert, JACQUES CHIRAC (Le Seuil, 1987).

Tous mes arrière-grands-parents étaient des paysans pauvres, mes quatre grands-parents étaient des instituteurs et mon père a commencé dans la vie comme un modeste employé aux écritures pour finir sa carrière comme cadre supérieur.

Cité par LE FIGARO (8 mai 1995).

Mon grand-père mesurait près de deux mètres […], il était très solide, il avait une magnifique chevelure, une voix superbe, et il me terrorisait. Devant lui, tout le monde filait doux. Il lui suffisait d'entrer dans une pièce pour que je décampe.

Cité par Franz-Olivier Giesbert, JACQUES CHIRAC (Le Seuil, 1987).

On n'est pas impunément le petit-fils d'un instituteur radsoc et franc-maçon.

Cité par LE FIGARO (8 mai 1995).

J'aurais été tenté, parfois, de reprendre à mon compte l'amère protestation que Paul Nizan formulait au début des années 30 : « J'ai eu vingt ans. Je ne permettrai à personne de dire que c'est le plus bel âge de la vie. »

Au congrès des jeunes du RPR, à Paris (11 décembre 1977).

Femme au foyer

■ Je crois que l'action la plus importante consisterait à relever la condition de la mère qui renonce à une activité professionnelle pour se consacrer à ses enfants et à son foyer.

Discours à Mont-de-Marsan (7 octobre 1977).

■ De plus en plus, les mères de famille travaillent ou aspirent à travailler, ce qui est légitime et nous devons les y aider.

Lors de la remise de la Médaille de la famille française (3 juin 1996).

[Ma mère] n'avait qu'un seul hobby, c'était de s'occuper de mon père et de moi. Elle s'intéressait essentiellement à son appartement qui était toujours impeccablement propre comme le lui imposait notre statut de petits-bourgeois.

Cité par Franz-Olivier Giesbert, JACQUES CHIRAC (Le Seuil, 1987).

Ah non ! Je ne suis absolument pas pour le salaire maternel, qui, lui, c'est vrai, peut être considéré comme un moyen hypocrite de décourager les femmes de travailler.

MADAME FIGARO (9 juillet 1994).

Femmes

■ Pour moi, la femme idéale, c'est la femme corrézienne, celle de l'ancien temps, dure à la peine, qui sert les hommes à table, ne s'assied jamais avec eux et ne parle pas.

Cité par Catherine Nay,
F MAGAZINE (janvier 1978) et LE MONDE (2 avril 1987).

■ J'ai trop de respect pour les femmes corréziennes, qui ont été décrites de façon admirable, notamment par Malraux pendant la guerre et la Résistance, pour que j'aie jamais tenu un propos de cette nature.

FRANCE 2, L'HEURE DE VÉRITÉ (25 mars 1987).

À nos femmes, à nos chevaux et à ceux qui les montent !

Cité par LE NOUVEL OBSERVATEUR (11 juillet 1991).

La France a besoin de passion — celle de l'amant — et de constance — celle du mari.

FRANCE 2, LA FRANCE EN DIRECT (6 avril 1995).

Femmes

■ Je suis en particulier préoccupé par le trop petit nombre de femmes dans les affaires publiques.

PARIS-MATCH (10 septembre 1992).

■ Le nombre de femmes députées n'est pas le cœur du problème.

Entretien télévisé (14 juillet 1996).

> *J'avais une très jolie photo de Brigitte Bardot et je la lui ai envoyée avec une lettre lui demandant de me la dédicacer. Rien n'est revenu et j'étais très déçu.*
>
> *PARIS-MATCH (24 février 1978).*

Femmes politiques

■ Les femmes représentent plus de 50 % de la population : il serait donc légitime et normal qu'elles représentent 50 % des élus.

CONTEMPORAINE (décembre 1991).

■ L'institution de quotas pour les femmes pourrait créer un dangereux précédent dans une société qui a d'abord besoin de renforcer son unité. C'est un risque.

L'EXPRESS (13 avril 1995).

> *Que les électeurs fassent connaissance avec les épouses des candidats ne me paraît en rien anormal.*
>
> *V.S.D. (13 avril 1995).*

Fonctionnaires

■ Des masses d'employés s'occupent en permanence à répondre aux flots de questionnaires et de paperasses, qu'en face, des masses de fonctionnaires engendrent consciencieusement, sans que personne ne puisse dire, dans la plupart des cas, à quoi le tout sert au juste.

La Lueur de l'espérance (La Table Ronde, 1978).

■ Nous avons, c'est un grand atout, les fonctionnaires les plus compétents et les plus honnêtes du monde.

La France pour tous (Nil éditions, 1994).

Il est indispensable que l'administration moderne recoure à des procédés qui ne sont plus ceux d'antan. L'ordinateur en est un élément essentiel. Mais il n'est en aucun cas dans mes intentions de me livrer par ce biais à une espèce d'inquisition tout à fait incompatible avec les principes de la société libérale.

France-Soir (25 mars 1974).

Front national

■ On ne peut pas dire que tous les électeurs qui ont récemment voté pour les candidats du Front national soient des gens d'extrême droite.

Europe 1, Club de la presse (8 janvier 1984).

■ Le Front national n'est qu'un ramassis de pétainistes et de nazillons.

En 1990, cité par Robert Madjar, L'Autre Chirac : le président raconté par les siens (Michel Lafon, 1995).

On est en pleine crise économique avec un taux de chômage effrayant et plusieurs millions d'immigrés. Un cocktail dangereux. C'est un des moments historiques où la petite graine du racisme qui existe dans le cœur des hommes peut prendre. Il ne faut pas l'arroser. Il faut la couper dès qu'elle commence à germer. Au lieu de ça, on fait donner sans arrêt le Front national à la télévision.

En 1986, cité par C. Clerc, Jacques, Édouard, Charles, Philippe et les autres (Albin Michel, 1994).

Front national

■ Je n'aurais pas du tout été gêné de voter pour la liste d'opposition [en alliance avec le Front national] au second tour : il n'y a pas 17 % de dangereux extrémistes à Dreux !

Au Grand Jury R.T.L.-Le Monde (18 septembre 1983).

■ Le RPR n'a en aucune façon l'intention de faire alliance avec le Front national...

Le Dauphiné Libéré (24 février 1984).

Le nazisme a été éradiqué mais il faut avoir conscience qu'une forme inédite de fascisme peut toujours réapparaître. Une jeunesse sans projets à la périphérie des grandes villes est une proie idéale pour des idéologues fascisants !

La France pour tous (Nil éditions, 1994).

L'alliance entre les communistes et les socialistes est beaucoup plus dangereuse [...] que ne pourrait l'être une alliance avec le Front national, dont je répète qu'il n'est pas question.

Le Dauphiné Libéré (24 février 1984).

Fruits et légumes

J'aime les pommes et je trouve ça joli.

France 2 (9 janvier 1995).

J'ai vu que la quantité de petites tomates a tendance à s'accroître.

Voyage dans le Finistère (30 mai 1996).

Quand je suis avec Bill Clinton, je lui parle d'Ariane ou d'Airbus. Quand je suis avec des Français, je leur parle de tomates.

Déjeuner avec la presse accréditée à l'Élysée (6 juin 1996).

La fraise américaine n'a aucun goût.

Ouest-France (31 mai 1996).

J'ai remarqué une chose, c'est que les artichauts ont tendance à réduire de volume.

Voyage dans le Finistère (30 mai 1996).

J'ai réussi à faire adopter le principe d'un règlement communautaire sur le pois, la féverole et la luzerne, plus riches en protéines que le soja. Mais, encore une fois, si je ne m'étais pas fâché, je n'aurais rien obtenu !

Le Point (13 août 1973).

DE GAULLE (CHARLES)

J'avais été élu député en 1967. La majorité d'alors avait une voix d'avance sur l'opposition. Parfois, il m'est arrivé de penser que c'était la mienne. Je remontais de Corrèze en voiture ; je m'étais arrêté à Clermont pour voir un ami, et j'en profitais pour déjeuner dans une brasserie. Soudain, un haut-parleur a rugi : « M. Chirac est demandé au téléphone par le général de Gaulle. » J'ai failli passer sous la table. Je me suis levé le rouge au front ; tout le monde me regardait marcher vers le téléphone et les fourchettes s'étaient immobilisées. [...] Le Général a été charmant, je ne trouve pas d'autres mots. Il savait tout sur moi...

LE FIGARO (16 juin 1990).

De Gaulle nous a quittés, mais nous n'avons pas quitté De Gaulle.

L'EXPRESS (22 novembre 1971).

Le général de Gaulle, c'était une institution et les institutions n'ont pas d'âge.

Cité par P. Jouve et A. Magoudi,
JACQUES CHIRAC : PORTRAIT TOTAL (Carrère, 1987).

Gaullistes

■ Les gaullistes sont des hommes droits. Dès lors qu'ils sont rassurés sur les principes essentiels, ils marchent.

En 1974, cité par Maurice Szafran,
CHIRAC OU LES PASSIONS DU POUVOIR (Grasset, 1986).

■ [En Mai 68], il m'a été donné de voir se décomposer, se dissoudre des hommes politiques tenus pour éminents dans l'univers gaulliste.

LES MILLE SOURCES, autobiographie inédite (1977).

Les gaullistes historiques ne sont pas exclusivement de vieux baroudeurs qui conservent le béret sur le coin de la figure et qui tiennent davantage de l'association d'anciens combattants que du parti politique !

Cité par C. Clessis, B. Prévost et P. Wajsman,
JACQUES CHIRAC OU LA RÉPUBLIQUE DES CADETS
(Presses de la Cité, 1972)

Personne ne s'aviserait aujourd'hui d'être clémenciste, blumiste, etc. On peut au contraire être gaulliste.

LE FIGARO (16 juin 1990).

Giscard d'Estaing

■ Valéry Giscard d'Estaing n'a été exceptionnel que dans la trahison…

L'Essor du Limousin (1969).

■ Si M. Pompidou venait à disparaître, je serais giscardien.

Le Point (13 août 1973).

[…] Une grande bourgeoisie dont les descendants ne possèdent plus ni les qualités ni les défauts de leurs durs adversaires. Le désir de conserver les situations privilégiées et les positions dirigeantes s'y accompagne d'un désir également profond de se maintenir par voie de concessions, de conciliation, de compromis, dans un climat d'apaisement.

La Lueur de l'espérance (La Table Ronde, 1978).

Giscard d'Estaing et moi avons toujours été en bons termes, mais cela s'arrête là !

Le Point (13 août 1973).

Giscard d'Estaing

■ Croyez-moi, M. Giscard d'Estaing fera un grand président de la République !

EUROPE 1 (7 mai 1974).

■ Si je faisais un bilan du septennat [de M. Giscard d'Estaing], je dirais que ce ne sera pas l'une des époques qui marquera notre histoire par une situation brillante pour notre pays.

Discours (4 mars 1980).

Le seul moyen de changer de politique est soit de changer de président, soit que le président change lui-même de politique.

Devant les cadres du RPR (26 octobre 1980).

Reste, aujourd'hui, la situation de la France, sur laquelle M. Giscard d'Estaing porte un diagnostic juste, et qui, en bien des points, rejoint le mien.

LE FIGARO MAGAZINE (25 mars 1995).

Giscard d'Estaing

■ Je ne sens vraiment pas ce type. On ne sait jamais ce qu'il pense.

Cité Par Franz-Olivier Giesbert, JACQUES CHIRAC (Le Seuil, 1987).

■ Giscard est un homme remarquablement intelligent et surtout il est très « formateur ». Il a incontestablement un don de la pédagogie ; il expose les choses avec une clarté exceptionnelle.

Cité par C. Clessis, B. Prévost et P. Wajsman,
JACQUES CHIRAC OU LA RÉPUBLIQUE DES CADETS
(Presses de la Cité, 1972).

*Je trouve un peu préoccupante l'idée qu'un chef d'État doive se faire psychanalyser. **

Cité par P. Jouve et A. Magoudi,
JACQUES CHIRAC : PORTRAIT TOTAL (Carrère, 1987).

** Pour éclairer cette remarque, nous citerons l'éditorial de Jean Daniel dans « Le Nouvel Observateur » du 31 janvier 1977 qui évoquait « cette insistante et incroyable rumeur selon laquelle le président de la République [Giscard] se ferait... psychanalyser. » Et « Le Point » du 7 février 1977, qui notait : « Le président de la République a été ulcéré de voir "La Lettre de la Nation" (RPR) invoquer "la psychanalyse" pour expliquer certains propos de sa dernière émission télévisée. V.G.E. y voit le signe d'une campagne injurieuse développée contre lui au sein du RPR. »*

Giscard d'Estaing

■ Je n'ai pas observé qu'il y ait eu des réactions négatives dans la majorité à l'égard de la politique telle qu'elle est conduite par M. Giscard d'Estaing.

LE NOUVEL OBSERVATEUR (3 février 1975).

■ À l'heure actuelle, de nouveau, l'incertitude, la confusion, les divisions de la vie politique française proviennent des milieux dirigeants.

LA LUEUR DE L'ESPÉRANCE (La Table Ronde, 1978).

En six ans, les Français n'ont jamais été conviés au dépassement, ni à la grandeur.

FRANCE-INTER, FACE AU PUBLIC (24 mars 1980).

I have not criticized Giscard's policies. Never.

NEWSWEEK (20 juin 1977).

Giscard d'Estaing

■ La France a eu beaucoup de chance que François Mitterrand n'ait pas été élu en 1974 !

En 1975, cité par Catherine Nay,
LE DAUPHIN ET LE RÉGENT (Grasset, 1994).

■ Si c'était cela qu'on voulait [avec Giscard], il fallait le dire : on aurait voté Mitterrand en 1974 et ça n'aurait pas été pire.

Déclaration à Marseille (24 février 1981).

L'époque actuelle me fait plutôt penser à celle de la IVe République où le général de Gaulle était interdit de radio.

L'AURORE (30 mai 1979).

Cent fois, quand je le rencontrais, j'ai sorti à Giscard des formules du genre : « Il ne faut pas blesser une bête. On la tue ou on la caresse. » J'utilisais aussi un vieux proverbe arabe : « Ne poussez jamais le chat dans les recoins. »

Cité par Franz-Olivier Giesbert, JACQUES CHIRAC (Le Seuil, 1987).

Giscard d'Estaing

■ J'estime que Valéry Giscard d'Estaing a des qualités exceptionnelles et je me prononce pour lui avec enthousiasme.

EUROPE 1 (7 mai 1974).

■ Je n'ai jamais eu d'atomes crochus avec lui... En politique comme dans la vie, il en va souvent ainsi : quand on n'a pas ce que l'on aime, il faut aimer ce que l'on a.

Cité par Catherine Nay,
LA DOUBLE MÉPRISE (Grasset, 1980).

> ***Certains, aujourd'hui, voudraient m'opposer au président de la République. Ils perdent leur temps.***
>
> *Aux assises départementales de l'UDR de Corrèze, à Égletons (3 octobre 1976).*

Giscard d'Estaing

■ M. Giscard d'Estaing est l'un des rares hommes d'État actuels.

Réception de la presse agricole (4 janvier 1973).

■ Au niveau suprême où doit s'affirmer en toute clarté une volonté nationale, la certitude semble faire défaut.

Discours à Saint-Nazaire (14 février 1977).

Où en est aujourd'hui la situation de notre peuple ? C'est une situation d'anesthésie. Tout se passe sans que l'opinion publique réagisse à quoi que ce soit. Les Cambodgiens disparaissent, tout le monde s'en fout. Il y a plus de 20 % de hausse des prix en juillet, cela aurait fait un véritable scandale il y a trois ou quatre ans, tout le monde s'en fout. Les Russes envahissent l'Afghanistan, tout le monde s'en fout.

Devant les jeunes du RPR (11 septembre 1980).

Giscard d'Estaing

■ Je n'ai observé à aucun moment chez le président de la République un comportement qui s'éloignerait des objectifs essentiels de ses prédécesseurs.

LE NOUVEL OBSERVATEUR (3 février 1975).

■ Ce régime a été créé par des gaullistes. Il est aujourd'hui dirigé par des pétainistes.

Cité par Jean-Pierre Soisson dans
CHIRAC OU LES PASSIONS DU POUVOIR (Grasset, 1986).

Nous n'avons aucune leçon à recevoir de ceux qui parlent du changement comme les vieillards parlent des petites filles.

À l'époque de la création de l'UDF, en février 1978,
cité par Catherine Nay, LA DOUBLE MÉPRISE (Grasset, 1980).

Il n'y a pas lieu à désistement.
Le 10 mai, chacun devra voter selon sa conscience... À titre personnel, je ne puis que voter pour M. Giscard d'Estaing.

Déclaration à son QG de campagne, rue de Tilsitt (27 avril 1981).

Giscard d'Estaing

■ À partir du moment où les choses sont bien claires et où il ne vous prend pas pour un esclave, il est extrêmement agréable de travailler avec Giscard... Vraiment, je garde de notre collaboration un excellent souvenir.

Cité par C. Clessis, B. Prévost et P. Wajsman, JACQUES CHIRAC OU LA RÉPUBLIQUE DES CADETS (Presses de la Cité, 1972).

■ Je ne veux plus travailler avec Giscard. Lorsque je lui envoie un dossier, une proposition, et qu'il me les renvoie avec, en marge, l'annotation « non », j'ignore ce qu'il souhaite et nul ne peut me le dire à l'Élysée.

En 1976, cité par Olivier Todd, LA MARELLE DE GISCARD (Robert Laffont, 1977).

> ***La faiblesse, le compromis, la décrispation n'ont jamais été des modes de gouvernement adaptés à la France.***
>
> *Devant les jeunes du RPR (11 septembre 1980).*

Goûts artistiques

■ Un jour, à une journaliste qui m'interviewait, j'ai dit : « Écoutez, mademoiselle, c'est très simple. Vous me parlez de musique et de littérature. Mes goûts sont tout à fait simples : en matière de musique, j'aime la trompette de cavalerie à l'exclusion de toute autre forme de musique ; en ce qui concerne la littérature, le polar à l'exclusion de toute autre chose. » Elle m'a demandé : « Vraiment ? » J'ai répondu : « Vraiment. »

Cité par P. Jouve et A. Magoudi,
Jacques Chirac : portrait total (Carrère, 1987).

■ Pendant vingt ans, on m'a pris pour un parfait ignorant parce que j'avais fait courir le bruit que je n'aimais que les romans policiers et la trompette militaire.

Femme (janvier 1995).

Un meuble, une charrette, un tonneau me font toujours davantage vibrer qu'un air de musique.

Cité par Robert Madjar,
Jacques Chirac, le 12e maire (Presses de la Cité, 1977).

Grands travaux

■ À Paris, les grands travaux dits « du président » ont été ruineux.

Au Grand Jury R.T.L.-Le Monde (28 juin 1987).

■ Le jour où M. Mitterrand m'a reçu pour m'indiquer qu'il allait lancer une série de grands travaux, me montrer les projets et les plans et me demander mon avis, j'ai été satisfait en tant que maire de Paris.

Paris-Match (27 avril 1995).

Rayez ce mot « opéra » de votre vocabulaire. Il n'y aura pas d'opéra à la Bastille.

Agence France-Presse (21 juillet 1986).

L'essentiel [...] est dans la démesure que constitue l'accumulation des grands chantiers que l'on a lancés à la légère sans évaluer — même de fort loin — le coût des investissements et moins encore celui des fonctionnements futurs. Or, tout indique que ces coûts seront démesurés, insupportables.

L'Express (17 mai 1985).

Héritage

■ Personne ne peut prétendre être l'héritier du général de Gaulle, à l'exception du peuple français dans son ensemble.

V.S.D. (25 août 1994).

■ Je m'estime responsable de l'héritage laissé par le général de Gaulle et par Georges Pompidou, et je n'ai pas du tout l'intention de le laisser dépérir.

LE NOUVEL OBSERVATEUR (3 février 1975).

Ayant appris que je participerais [à une émission de Patrick Sébastien], Brigitte Bardot, avec qui je suis très ami, m'a d'ailleurs téléphoné pour me passer un savon terrible : « Tu vois le père de Gaulle répondre à une marionnette ? », m'a-t-elle demandé.

LE FIGARO (12 janvier 1991).

Image de marque

■ Je ne suis pas allé jusqu'à me forger une « image de marque ». Même si cette « lacune » devait me coûter ma carrière politique, je ne le ferais pas. C'est au-dessus de mes forces...

Cité par C. Clessis, B. Prévost et P. Wajsman,
JACQUES CHIRAC OU LA RÉPUBLIQUE DES CADETS (Presses de la Cité, 1972).

■ Une image de marque, ça n'est jamais dépourvu de réalité... Elle peut être caricaturale... Une photo peut ne pas être bonne mais il y a du vrai...

Cité par Olivier Todd, LA MARELLE DE GISCARD (Robert Laffont, 1977).

Je suis resté unique en mon genre. Je disais toujours, d'ailleurs, que j'étais tellement parfait qu'il valait mieux qu'il n'y en ait pas d'autre qui aurait pu dégrader l'image de marque de la famille.

Cité par P. Jouve et A. Magoudi,
JACQUES CHIRAC : PORTRAIT TOTAL (Carrère, 1987).

Immigrés

■ Je suis favorable à la participation aux élections municipales des travailleurs immigrés...

Déclaration à Bruxelles (29 octobre 1979).

■ Il n'est pas possible d'accorder ce droit aux immigrés, car ce droit est attaché à la citoyenneté française.

LE MONDE (12 août 1981).

S'il y avait moins d'immigrés, il y aurait moins de chômage, moins de tension dans certaines villes et certains quartiers, un moindre coût social.

LIBÉRATION (30 octobre 1984).

Combien deviennent français sans qu'ils le sachent et sans que nous le sachions !

T.F.1., QUESTIONS À DOMICILE (30 novembre 1986).

Immigrés

■ Les immigrés qui travaillent, ceux-là ont les mêmes droits, les mêmes devoirs que nous, et n'en parlons plus.

T.F.1., débat télévisé avec Laurent Fabius (27 octobre 1985).

■ Quant aux chômeurs immigrés, il est souhaitable qu'ils retournent dans leur pays.

LE FIGARO MAGAZINE (1er février 1986).

Pour les Maliens, il n'y avait pas d'avion régulier, alors on a pris un charter.

T.F.1., QUESTIONS À DOMICILE (30 novembre 1986).

La France de demain ne saurait être une société d'assistés où chacun recevrait d'une bureaucratie tentaculaire la même portion congrue de la pénurie collective.

Aux assises départementales de l'UDR de Corrèze, à Égletons (3 octobre 1976).

Impôts

■ Il faut absolument réduire les impôts.

UNE NOUVELLE FRANCE, RÉFLEXIONS 1 (Nil éditions, 1994).

■ L'augmentation des impôts était malheureusement nécessaire pour mettre un terme à la dérive de nos comptes publics.

LE MONDE (7 mai 1996).

J'ai demandé au Premier ministre [Alain Juppé] de ne plus recourir à des nouvelles augmentations d'impôts et de cotisations sociales, et de les diminuer dès que cela sera possible.

Vœux télévisés (31 décembre 1995).

Les dettes d'aujourd'hui sont les impôts que nos enfants supporteront demain.

LE MONDE (7 mai 1996).

Impôts

■ On fait les cadeaux avant les élections et on décide les impôts tout de suite après.

Conférence de presse (26 mai 1981).

■ Quand je suis arrivé, le premier acte inévitable a été d'augmenter les impôts pour réduire les déficits !

Entretien télévisé (14 juillet 1996).

Il y a un temps pour semer, un temps pour récolter.

ANTENNE 2, CARTES SUR TABLE (17 mars 1980).

Le Français répugne à l'impôt direct, c'est un fait !

Au Sénat, cité par LE MONDE (21 novembre 1970).

Impôt sur les grandes fortunes

■ L'impôt sur la fortune. Dans le principe, il ne me choque pas.

LE FIGARO (28 octobre 1981).

■ Oui, l'impôt sur les grandes fortunes doit être supprimé.

LE FIGARO MAGAZINE (1er février 1986).

Une fiscalité, c'est comme un costume : elle doit être coupée sur mesure.

Au Sénat, cité par LE MONDE (21 novembre 1970).

La suppression de l'impôt sur la grande fortune était, en terme de symbole, une mesure dont nous n'avions pas apprécié à l'époque toutes les conséquences.

L'ÉVÉNEMENT DU JEUDI (13 avril 1995).

Impôt sur les grandes fortunes

■ L'impôt sur les grandes fortunes coûte cher, il rapporte très peu, il relève de l'inquisition et il a entraîné des fuites de capitaux et freiné les investissements.

ANTENNE 2, L'HEURE DE VÉRITÉ (28 janvier 1985).

■ Moi, je suis pour faire payer les riches, naturellement.

Débat télévisé avec François Mitterrand (28 avril 1988).

Je suis hostile à toute nouvelle cotisation. Arrivé à un certain niveau, l'impôt tue l'impôt.

LIBÉRATION (18 novembre 1989).

L'impôt sur la fortune est une mauvaise affaire pour la France !

Au GRAND JURY R.T.L.-LE MONDE (7 octobre 1984).

Information

■ Je ne prétends pas que l'on puisse complètement libérer l'information des relations privilégiées avec le pouvoir…

LA CROIX (4 mars 1982).

■ Il convient d'empêcher le pouvoir politique, quel qu'il soit, de succomber à la tentation toujours grande de prendre le contrôle des moyens audiovisuels publics.

TÉLÉ 7 JOURS (15 septembre 1984).

Dès que je parle à un média d'autre chose que des affaires publiques, j'ai un peu l'impression de me déshabiller. Je n'aime pas cela.

Cité par P. Jouve et A. Magoudi, JACQUES CHIRAC : PORTRAIT TOTAL (Carrère, 1987).

Ingérence

■ Un pays ne peut pas s'arroger le droit de s'ingérer dans les affaires d'un autre pays, car cela ouvrirait la porte à tous les abus...

EUROPE 1 (8 JANVIER 1990).

■ Inutile de nier l'évidence : la situation politique en Algérie nous concerne.

LA FRANCE POUR TOUS (Nil éditions, 1994).

Je suis fier de l'œuvre coloniale de la France. Il n'y a que les intello-gaucho-masochistes pour critiquer cela. C'est pourtant une image superbe de la France. Quand Jacques Médecin inaugure, à Nice, une place de l'Indochine, je dis qu'il a raison.

LIBÉRATION (12 mars 1988).

Dans un premier temps, j'ai été déçu par la politique algérienne du général de Gaulle avant de comprendre qu'elle était la bonne. Il est vrai que mon passé algérien m'avait d'abord convaincu de la nécessité de l'Algérie française.

LE QUOTIDIEN DE PARIS (18 mai 1978).

Intégration

■ On n'intégrera pas les immigrés, je crois que c'est un faux problème. Il n'est ni possible ni souhaitable de le faire. Il s'agit d'hommes et de femmes dont la tradition culturelle est très différente, dont l'ethnie est très différente des nôtres.

ANTENNE 2 (1er septembre 1983).

■ Chaque jeune Français, sans distinction de race ou de religion, a le droit légitime à une complète intégration dans notre société.

DÉCIDER, mensuel du RPR (janvier 1988).

> *Ceux qui considèrent qu'une certaine France à laquelle nous sommes tous attachés est aujourd'hui défigurée à cause de phénomènes excessifs en matière d'insécurité et de présence des étrangers ont le droit de le dire. Nous devons le comprendre aussi.*
>
> *Réunion publique à Rennes (30 avril 1988).*

Intellectuels

■ [Je n'aime pas] les questions d'intellectuels qui se branlent tellement fort qu'ils en mettent plein les murs.

Cité par LIBÉRATION *(17 février 1995).*

■ C'est vrai, je suis le seul à ne jamais consulter Bernard-Henri Lévy…

*L'*ÉVÉNEMENT DU JEUDI *(9 mars 1995).*

Vous voulez absolument m'exclure du monde des intellectuels !

À Bernard Pivot, PARIS-MATCH *(15 avril 1988).*

[Le dictionnaire], c'est un instrument tout à fait nécessaire à mon existence. J'ai d'ailleurs plusieurs gros dictionnaires toujours à portée de main, partout, même dans ma chambre.

PARIS-MATCH *(15 avril 1988).*

Intelligence

■ Je n'ai pas la prétention d'avoir une intelligence exceptionnelle, tout en n'étant pas un imbécile, bien entendu.

Cité par P. Jouve et A. Magoudi,
Jacques Chirac : portrait total (Carrère, 1987).

■ Il faut investir dans l'intelligence quand on a la chance d'être dans un pays intelligent.

T.F.1., Le Monde en face (14 janvier 1988).

Je dois être le seul homme politique à avoir lu la totalité de Pouchkine en russe.

L'Express (2 mars 1995).

Nous avons inventé la photographie. Elle donne lieu à un marché considérable à travers le monde. Mais il n'y a pas un seul appareil photographique de fabrication française en vente dans nos propres magasins.

La Lueur de l'espérance (La Table Ronde, 1978).

Interposition

■ Des militaires ne sont pas faits pour s'interposer. Ça ne veut rien dire. Ils sont faits pour combattre.

Antenne 2, L'Heure de vérité (7 novembre 1983).

■ J'avais proposé l'envoi immédiat [en Yougoslavie] d'une force d'interposition, lorsque c'était encore possible et utile. Rien de tout cela n'a été fait...

Le Figaro (14 août 1992).

Le pacifisme est une forme de lâcheté où se mêlent utopie, égoïsme, méconnaissance et peur de l'autre.

Discours à Caen (10 septembre 1986).

La déclaration de guerre est peut-être un moyen de pression si elle n'est pas suivie d'hostilités.

R.M.C., Forum (25 avril 1980).

Iran

■ Un extraordinaire danger pour nous tous vient d'Iran.

THE WASHINGTON TIMES (10 novembre 1986).

■ J'ai tout à fait confiance dans les autorités iraniennes.

T.F.1., QUESTIONS À DOMICILE (30 novembre 1986).

Nous avons une responsabilité particulière, puisque nous avons donné l'occasion à cet ayatollah [Khomeyni] tous les moyens de prêcher sa croisade.

R.T.L., JOURNAL INATTENDU (17 mai 1980).

Notre dialogue avec l'Iran se justifie donc par l'importance stratégique de ce pays qu'on ne peut isoler sans conforter les éléments radicaux du régime en place.

LE MONDE (7 avril 1995).

Israël

■ Je ne ferai jamais rien qui puisse nuire à Israël.

Yedioth Aharonoth, quotidien israélien (15 août 1986).

■ Les Israéliens sont bouleversés quand une bombe explose au Mur des Lamentations, mais ils semblent oublier que ce que les Arabes voient est que les Israéliens bombardent les camps palestiniens et tuent et mutilent toutes sortes de gens innocents.

The Washington Times (10 novembre 1986).

Aujourd'hui, les Israéliens sont bons comme les Sud-Africains et les Irakiens.

The Washington Times (10 novembre 1986).

Face à cet acte de piraterie [l'annexion du Golan par Israël], le gouvernement s'est contenté de paroles verbales.

Le Matin de Paris (17 décembre 1981).

Italie

■ Il est tout à fait évident que l'évolution de la lire italienne est tout à fait incompatible [...] avec un Marché commun européen.

Conférence de presse à Arras, Pas-de-Calais (1er octobre 1996).

■ La politique déterminée du gouvernement italien va dans le bon sens.

Déclaration à Arras, quelques heures plus tard,
Agence France-Presse (1er octobre 1996).

> *En matière de politique internationale, on ne retient mes propos que lorsque je dis une connerie.*
>
> *Le Nouvel Observateur (18 avril 1991).*

Je ne suis pas...

Je ne suis pas un père la pudeur !

Antenne 2, L'Heure de vérité (25 mars 1987).

Je ne suis ni un maniaque ni un voyeur...

France-Soir (25 mars 1974).

Je n'ai pas un cœur de pierre...

Entretien télévisé (14 juillet 1996).

Je ne suis pas timide...

Femme (janvier 1995).

Je n'ai jamais d'angoisse, c'est un sentiment que j'ignore.

Cité par Maurice Szafran, Chirac ou les passions du pouvoir (Grasset, 1986).

Je ne regrette jamais rien...

Cité par Hélène Vida, Mes hommes politiques (Belfond, 1977).

Je ne suis pas quelqu'un qui perd son temps dans les soirées ou les dîners en ville.

Le Nouvel Observateur (16 juin 1980).

Pour ce qui me concerne, je ne ressens aucune espèce de déviation narcissique.

Paris-Match (15 avril 1988).

Moi, j'ai trop de travail en France pour me consacrer avec excès aux pèlerinages extérieurs.

Conférence de presse (21 juillet 1986).

Justice

■ Nous avons la chance en France d'avoir une justice qui se caractérise par son indépendance et sa grandeur…

LE QUOTIDIEN DE PARIS (8 juillet 1974).

■ Les juges doivent rendre la justice au nom du peuple français, c'est-à-dire dans l'esprit de la loi et non de je ne sais quel syndicat.

ANTENNE 2, CARTES SUR TABLE (8 février 1978).

Le secret de l'instruction — dont je ne sais s'il doit être gardé — est systématiquement violé, bafoué souvent par les juges eux-mêmes.

Entretien télévisé (14 juillet 1996).

Aujourd'hui, dans nos prisons, 20 000 personnes sont en détention préventive : est-ce normal ? Dès que quelqu'un est mis en examen, il est considéré comme coupable, alors que le fond de notre droit, c'est la présomption d'innocence.

Entretien télévisé (14 juillet 1996).

Lang (Jack)

■ Le ministre de la Culture organise la propagande politique par le biais d'une activité culturelle de surface et d'épate.

Le Figaro Magazine (1er février 1986).

■ Je serais tenté de dire : « Salut, l'artiste ! », tout en m'interrogeant sur la marque qu'il aura laissée sur la culture française.

Paris-Match (27 avril 1995).

> *Moins j'ai affaire à lui, mieux je me porte.*
>
> *L'Express (17 mai 1985).*
>
> *Et puis il y a cette politique spectacle, cette politique de tréteaux qui, inéluctablement, conduit le ministère de la Culture à la banqueroute.*
>
> *L'Express (17 mai 1985).*

Le Pen (Jean-Marie)

■ Je rejette toute éventualité de négociation avec M. Le Pen, tant son idéologie diffère de la nôtre.

En 1983, cité par Maurice Szafran,
CHIRAC OU LES PASSIONS DU POUVOIR (Grasset, 1986).

■ [Les] électeurs du Front national sont des Français, naturellement comme les autres, et puis qui, d'ailleurs, dans l'ensemble, ont une sensibilité proche de celle de l'actuelle majorité.

FORUM F.R.3.-R.M.C. (2 août 1987).

Pour le moment, tout ça n'est pas bien grave. Il y a un type, Le Pen, que je ne connais pas et qui n'est probablement pas si méchant qu'on le dit. Il répète certaines choses que nous pensons, un peu plus fort et mieux que nous, en termes plus populaires. *

Entretien avec Franz-Olivier Giesbert (22 juin 1985).

** Bien peu relevèrent à l'époque la déclaration ci-dessus. Elle annonçait pourtant une phrase de Charles Pasqua à « Valeurs actuelles » (30 avril 1988), qui, elle, fit scandale : « Il y a sûrement au Front national quelques extrémistes. Mais, sur l'essentiel, le Front national se réclame des mêmes préoccupations, des mêmes valeurs que la majorité. »*

Libéral

■ Je me sens profondément libéral...

Émission Actuel 2, citée par Le Monde (3 juillet 1974).

■ Je ne suis pas non plus libéral, parce que je n'aime pas ce mot pour une raison simple, c'est que je ne sais pas ce qu'il veut dire...

Cité par P. Jouve et A. Magoudi,
Jacques Chirac : portrait total (Carrère, 1987).

Si je me laisse aller à vous parler, je vais dire des choses qu'évidemment je ne reconnaîtrai pas, si je les vois écrites. Et, si vous écrivez : Monsieur Chirac est partisan d'un régime libéral simplifié, on dira : « Monsieur Chirac est un con. » Bon, vous comprenez pourquoi je me méfie énormément.

Cité par P. Jouve et A. Magoudi,
Jacques Chirac : portrait total (Carrère, 1987).

Nous refusons tout autant le programme démagogique de la gauche socialo-communiste que les solutions de la droite libérale...

Discours à Metz (22 octobre 1977).

Libéralisme

■ Le libéralisme n'est pas une réponse aux problèmes d'une économie moderne.

Le Nouvel Économiste (19 mars 1979).

■ Le libéralisme ne s'impose pas comme un choix, mais comme une nécessité.

Discours (30 janvier 1984).

> *Moi, je n'emploie pas le mot « libéralisme », je préfère le mot « société de liberté ».*
>
> *R.T.L. (7 octobre 1984).*
>
> *Il est donc clair que ce libéralisme économique correspond merveilleusement aux dispositions d'esprit des dirigeants conservateurs, puisqu'ils resteront dirigeants sans avoir trop à diriger...*
>
> *La Lueur de l'espérance (La Table Ronde, 1978).*

Libéralisme

■ Le libéralisme est, dans son principe, empreint d'une dureté reconnue pour les conséquences sociales douloureuses qui en découlent au moins provisoirement.

La Lueur de l'espérance (La Table Ronde, 1978).

■ Nos intentions de gouvernement sont effectivement d'inspiration libérale.

Le Figaro Magazine (1er février 1986).

L'Europe complète le libéralisme pour donner bonne apparence à la résignation.

La Lueur de l'espérance (La Table Ronde, 1978).

Ce n'est pas avec je ne sais quel libéralisme, je ne sais quel laisser-aller, au nom de je ne sais quels principes qui avaient cours au XIXe siècle que la France parviendra à reprendre le dessus...

Discours à Valence (2 septembre 1978).

Look

Il faut bien reconnaître que je ne suis pas terrible et même un peu pataud.

Cité par Franz-Olivier Giesbert, JACQUES CHIRAC (Le Seuil, 1987).

Mon grand-père était plus grand que mon père. Mon père était plus grand que moi. On dégénère dans la famille... euh... au niveau de la taille.

T.F.1., JACQUES CHIRAC : AUTOPORTRAIT (21 janvier 1987).

Je suis content d'être grand. Quand je suis dans la foule, cela me permet de dominer un peu.

FRANCE-SOIR (16 juin 1977).

Je n'ai pas de tailleur attitré. Quand j'en ai le temps, j'ai plaisir à choisir mes costumes, sous l'œil vigilant de ma fille.

CONTEMPORAINE (décembre 1991).

Franchement, je reconnais que je ne suis pas quelqu'un dont on peut dire qu'il est coquet.

FRANCE-SOIR (mars 1977).

Ce qui m'a le plus étonné quand je suis revenu, en 1945, à Paris, ce fut la nécessité de porter des chaussures. Cela n'a l'air de rien, mais cela a été pour moi un véritable problème. J'ai souffert physiquement. La chaussure a été pour moi le premier contact avec les contraintes de la vie moderne.

Cité par P. Jouve et A. Magoudi, JACQUES CHIRAC : PORTRAIT TOTAL (Carrère, 1987).

Louvre

■ L'inquiétude, déjà forte, augmente quand on examine [...] l'extravagance du Grand Louvre, où l'on s'apprête à dépenser près de 200 milliards de centimes pour une entrée monumentale, sans apporter d'amélioration notable au musée, qui tombe en ruine.

L'Express (17 mai 1985).

■ Pour ma part, je retiendrai comme grande réussite le Louvre, le réaménagement du musée et la Pyramide.

Paris-Match (27 avril 1995).

Faudra-t-il donc sacrifier la Bibliothèque nationale à l'Opéra de la Bastille et nos cathédrales au Grand Louvre ? Belle politique, en vérité !

L'Express (17 mai 1985).

[Un musée du tag ?] Je n'y vois pas d'inconvénient, mais je crois qu'il faut se méfier de ce qui est à la mode, dans le vent.

Paris-Match (27 avril 1995).

Madelin (Alain)

■ Vous nous citez le cas d'Alain Madelin... Je voudrais simplement dire qu'on ne réforme pas en opposant une catégorie de Français à une autre catégorie de Français. On ne réforme pas en cherchant des boucs émissaires.

FRANCE 2, JOURNAL DE 13 HEURES (5 septembre 1995).

■ Je suis profondément attristé du départ d'Alain Madelin.

LE POINT (2 septembre 1995).

Lorsque le suffrage universel vous a confié les fonctions dominantes, et que vous n'avez plus rien au-dessus de vous, on ne peut plus avoir d'ami. *

LES MILLE SOURCES, autobiographie inédite (1977).

* *Jacques Chirac paraphrase là le général de Gaulle, qui avait eu ces mots : « Les hommes peuvent avoir des amis, mais pas les hommes d'État. »*

Mairie de Paris

■ Le caractère très spécifique de la ville de Paris ne permet en aucun cas d'envisager un maire élu.

France-Soir (26 mars 1974).

■ L'élection du maire de Paris, la capitale de la France, est un objectif essentiel.

Le Parisien libéré (21 janvier 1977).

L'agitation orchestrée autour de l'attribution des logements a sombré dans le grotesque. Dommage pour les socialistes et les communistes, il n'y a pas de scandales à la mairie de Paris !

Le Figaro Magazine (5 mars 1983).

Songez qu'actuellement, le maire de Paris ne peut pas décider de l'implantation d'un feu rouge ou de la mise en sens unique d'une rue.

France-Soir (8 février 1994).

Mendès-France

■ Cela me hérissait le poil… Je n'aimais pas beaucoup cette façon qu'avait Mendès-France de traiter les problèmes systématiquement, en les désincarnant et en les faisant cuire à la sauce d'une gauche très théorique !

Cité par C. Clessis, B. Prévost et P. Wajsman,
JACQUES CHIRAC OU LA RÉPUBLIQUE DES CADETS
(Presses de la Cité, 1972).

■ Mendès-France, consciemment ou non, a rencontré le gaullisme.

LA LUEUR DE L'ESPÉRANCE (La Table Ronde, 1978).

> ***De même que je n'ai donné ni dans le houla-hoop ni dans le scoubidou, je n'ai jamais donné dans le mendésisme.***
>
> *Cité par Franz-Olivier Giesbert, JACQUES CHIRAC (Le Seuil, 1987).*

MÉTHODE COUÉ

Il n'y a aucune raison de céder à je ne sais quelle morosité.

Discours à Bort-les-Orgues, en Corrèze (23 novembre 1974).

Nous apercevons la sortie du tunnel.

Au concours des reproducteurs de la race ovine limousine, à Meymac (17 août 1975).

Dans le monde de 1975, il n'y a pas de crise mondiale.

LA REVUE DES DEUX MONDES (28 janvier 1975).

D'abord éliminer le chômage. J'affirme que nous le pouvons. [...] J'affirme que, puisque nous le pouvons, nous le devons.

Discours à Lille (11 juin 1977).

J'ai la conviction qu'il est possible de faire reculer le chômage dans notre pays.

LE PARISIEN (23 mars 1985).

Méthode Coué

Pour 1987, nous espérons une augmentation nette du nombre des emplois.

T.F.1. (30 novembre 1986).

Tous les critères d'appréciation conduisent, en France, à un certain optimisme.

Europe 1 (27 octobre 1987).

Les primaires fonctionneront. C'est un mode de désignation du candidat à la présidence à la fois populaire et vivant.

Le Figaro (6 mai 1991).

La Seine sera complètement propre en 1992.

Le Figaro (15 mars 1992).

Tout laisse à penser que nous avons touché le fond du cycle dépressif.

Une nouvelle France, Réflexions 1 (Nil éditions, 1994).

Notre économie se porte bien, elle est dynamique, vigoureuse et elle exporte.

France 2, entretien avec Alain Duhamel (27 octobre 1995).

Mitterrand (François)

■ C'est la décadence qui est au terme des expériences socialistes.

France-Inter, Face au public (3 mars 1982).

■ Moi, je n'ai jamais critiqué Mitterrand.

Grand Jury R.T.L.-Le Monde, cité par Libération (29 juin 1987).

> *La France est un pays complexe, on s'y dispute plus souvent qu'ailleurs : c'est notre côté latin, qui a aussi son charme.*
>
> *Conférence de presse à New York (24 septembre 1986).*

Mitterrand (François)

■ Si le peuple ne fait pas le choix attendu, c'est peut-être qu'on lui a mal expliqué l'enjeu.

LE FIGARO (27 septembre 1989).

■ Je n'ai jamais compris pourquoi je n'ai eu que 45 et quelques % derrière Mitterrand en 1988.

Cité par Thierry Desjardins,
L'HOMME QUI N'AIME PAS LES DÎNERS EN VILLE (Édition° 1, 1995).

Comme le disait ma grand-mère, il faut mépriser les hauts et il faut repriser les bas.

Meeting à Saint-Étienne (15 janvier 1986).

[François Mitterrand] connaissait notre pays jusque dans ses villages et, partout, il avait une relation, un ami.

Allocution télévisée le jour de la mort de François Mitterrand (8 janvier 1996).

Mitterrand (François)

■ Profondément, M. Mitterrand est un diviseur. Sa préoccupation n'a jamais été de construire, mais de défaire. Si leçon il y a, c'est bien d'une antileçon dont il s'agit.

Paris-Match (10 septembre 1992).

■ À l'heure où François Mitterrand entre dans l'Histoire, je souhaite que nous méditions son message.

Allocution télévisée le jour de la mort de François Mitterrand (8 janvier 1996).

Même en matière de mauvaise foi, il devrait y avoir des limites !

Le Quotidien de Paris (27 février 1989).

Vous ne m'avez jamais entendu porter un jugement critique à l'égard de M. Mitterrand dans le cadre de ses fonctions présidentielles.

Au Grand Jury R.T.L.-Le Monde (28 juin 1987).

Mitterrand (François)

■ Je pensais [en 1981] que Mitterrand ne ferait qu'un seul septennat et qu'il serait catastrophique.

Cité par Thierry Desjardins,
L'Homme qui n'aime pas les dîners en ville (Édition° 1, 1995).

■ Le président Mitterrand a marqué de son empreinte les quatorze ans qui viennent de s'écouler.

Discours à l'Élysée après la passation des pouvoirs (17 mai 1995).

Il est un fait que M. Mitterrand sera resté président de la République pendant sept ans. En ce sens, il a fait un septennat.

L'Express (26 février 1988).

Derrière l'image complaisamment répandue de la « force tranquille » du socialisme se dissimule la réalité inquiétante et toujours identique du collectivisme : faiblesse et sclérose, mais aussi désordre et périls.

Déclaration à Dieppe (9 juin 1981).

Mitterrand (François)

■ M. Mitterrand, mois après mois, s'engage dans une politique de restriction des libertés.

Paris-Match (29 juin 1984).

■ Respectueux aussi des droits de l'homme : [François Mitterrand] ne cessa d'intervenir partout où ils étaient bafoués.

Allocution télévisée le jour de la mort de François Mitterrand (8 janvier 1996).

Quand on veut défendre les libertés, on est bien obligé de constater que l'on va à contre-courant de l'histoire.

À l'Assemblée nationale (15 juin 1977).

Pourquoi est-ce que M. Mitterrand aurait plus vocation aux choses du cœur que M. Giscard d'Estaing ?

Paris-Match (15 avril 1988).

Mitterrand (François)

■ M. Mitterrand dit tout et son contraire, ce qui ne simplifie pas le débat politique en France [...]. On est un jour dans le zig, un jour dans le zag, et ce n'est pas facile.

R.M.C., FORUM (21 juillet 1985).

■ Sa langue classique fut toujours la traduction fidèle et sensible de sa pensée.

Allocution télévisée le jour de la mort de François Mitterrand (8 janvier 1996).

Les situations équivoques conviennent à M. François Mitterrand comme le deuil sied à Électre.

Discours à Metz (20 octobre 1977).

L'adhésion de M. Mitterrand à l'Europe est purement spéculative et intellectuelle.

ANTENNE 2, L'HEURE DE VÉRITÉ (7 avril 1988).

Mitterrand (François)

■ Pour l'instant, Mitterrand plane et il rêve. Aux premières difficultés, il retombera sur ses pattes. Et il durera sept ans, vous verrez.

Entretien avec Franz-Olivier Giesbert (12 novembre 1981).

■ L'évolution de la situation politique et économique en France fait que l'expérience socialiste ne durera pas deux ans !

Déclaration à la presse, à Nouméa (1er septembre 1982).

François Mitterrand, c'est [...] une façon de vivre notre démocratie. Une démocratie moderne, apaisée, grâce notamment à l'alternance maîtrisée, qui a montré que changement de majorité ne signifiait pas crise politique. Nos institutions en ont été renforcées.

Allocution télévisée le jour de la mort de François Mitterrand (8 janvier 1996).

Mitterrand (François)

■ Ma conviction, c'est que M. Mitterrand sera battu.

ANTENNE 2, L'HEURE DE VÉRITÉ (7 avril 1988).

■ Les Français ont décidé de confier la responsabilité de l'État à M. Mitterrand.

Déclaration télévisée (8 mai 1988).

Il ne faut jamais vendre la peau de l'ours avant de l'avoir tué.

FRANCE-SOIR (14 mai 1984).

Le président François Mitterrand est mort ce matin.

Allocution télévisée (8 janvier 1996).

Mitterrand (François)

■ M. Mitterrand a fait l'option du collectivisme marxiste.

Discours à Metz (20 octobre 1977).

■ [M. Mitterrand] doit donc être sincère au moment où il affirme qu'il n'est point marxiste. Je ne l'ai d'ailleurs jamais soupçonné d'avoir consacré ses nuits les plus fiévreuses à la lecture de Marx et d'Engels...

Discours à Metz (20 octobre 1977).

De nous deux, celui qui vient de la droite, ce n'est pas moi...

Cité par J.-M. Colombani et J.-Y. Lhomeau, LE MARIAGE BLANC (Grasset, 1986).

[La victoire de la gauche], ce ne sera pas le changement mais le début d'un processus révolutionnaire. Nous serons alors plus près de la Pologne que de la France actuelle.

Discours lors de la campagne des législatives (31 mai 1981).

Mitterrand (François)

■ N'oublions pas que François Mitterrand dit souvent des choses pour en faire d'autres.

ANTENNE 2, L'HEURE DE VÉRITÉ (28 janvier 1985).

■ Ses choix étaient clairs et [François Mitterrand] les a toujours faits au nom de l'idée qu'il se faisait de la France.

Allocution télévisée le jour de la mort de François Mitterrand (8 janvier 1996).

> *M. François Mitterrand, après avoir été de l'extrême droite à l'extrême gauche, de la francisque jusqu'à la faucille, se retrouve promoteur d'un grand mouvement socialiste. Il ne veut s'en servir que comme un tremplin personnel pour avoir les voix communistes au premier tour de l'élection présidentielle prochaine.*
>
> *Devant l'Union des jeunes pour le progrès (27 octobre 1971).*

Monnaie unique

■ Si, comme le veut M. Delors, on faisait une monnaie unique, [...] cela veut dire que nous n'aurions plus de politique budgétaire nationale. Nous ne pourrions plus faire le RMI par exemple.

Déclaration à la presse (3 décembre 1990).

■ La monnaie unique est une chance, [...] l'expression moderne de la stabilité des changes...

France 2 (26 octobre 1995).

Voyons la situation telle qu'elle est. Notre indépendance monétaire est déjà largement fictive.

Paris-Match (10 septembre 1992).

Quand j'ai parlé d'« empire des marchands », c'était pour critiquer une Europe purement mercantile. !

Le Figaro Magazine (28 avril 1979).

Moyens de transport

Oui, j'aime conduire. Je parcours environ 50 000 km par an. Je vais souvent de Paris en Corrèze au volant de ma voiture. J'écoute la radio. Le trajet me détend.

L'Auto-Journal (1er août 1977).

Je dois dire tout de suite à tout le monde que, moi qui ne croyais pas beaucoup aux vertus de la ceinture de sécurité, eh bien, dorénavant, je ne monterai plus jamais dans une voiture, même à l'arrière, sans avoir une ceinture, car si j'en avais eu une, je n'aurais rien eu du tout.

T.F.1., L'Événement (18 janvier 1978).

Je dors bien en qualité, et en toutes circonstances. Dans mon lit, dans le train, dans la voiture, dans l'hélicoptère, dans l'avion. Mais, en quantité, pas énormément.

France-Soir (16 juin 1977).

Le procès de la vignette est un mauvais procès, et il n'est pas vrai que les automobilistes français soient particulièrement maltraités.

Au Sénat, cité par Le Monde (21 novembre 1970).

Moyens de transport

Devant les voitures blindées, moi, je recule d'horreur. D'abord, on ne peut pas ouvrir les fenêtres et moi, j'aime avoir les fenêtres ouvertes. Jamais le général de Gaulle n'a eu une voiture blindée, à l'Élysée, en pleine OAS ! Cela coûte la peau du dos, par-dessus le marché !

T.F.1., Jacques Chirac : autoportrait (21 janvier 1987).

Je n'aime pas les passe-droits. [...] Par exemple, se faire précéder de motards toutes sirènes hurlantes est une chose qui m'agace.

Paris-Match (27 avril 1995).

Paquebot « France »... Dans une période où l'austérité et l'effort sont indispensables, [...] est-il raisonnable d'imposer au contribuable national le paiement d'une somme aussi importante, qui représente la construction de deux hôpitaux élevés, pour permettre de donner une subvention directe à des gens qui ont des revenus extrêmement élevés, puisqu'ils ont les moyens de s'offrir des croisières très coûteuses ?...

Le Monde (20 septembre 1974)

Nationalisation

■ Il n'y a aucune raison, à nos yeux, pour repousser systématiquement toute nationalisation.

Aux journées parlementaires du RPR,
à Menton (29 septembre 1977).

■ On ne reviendra pas seulement sur les nationalisations décrétées par le pouvoir socialo-communiste, mais aussi sur celles voulues par le général de Gaulle…

LE MONDE (13 août 1983).

La privatisation est la véritable nationalisation de l'économie…

Devant l'Association nationale des docteurs en Droit,
à l'Hôtel de Ville de Paris (12 avril 1987).

Le capitalisme sans frontière n'a jamais été en odeur de sainteté chez les gaullistes.

LE MONDE (15 avril 1980).

Obsession

■ Vous savez, le jour où certains auront compris que [l'Élysée] ce n'est pas ma préoccupation de tous les matins...

Cité par P. Jouve et A. Magoudi,
JACQUES CHIRAC : PORTRAIT TOTAL (Carrère, 1987).

■ J'ai décidé d'être candidat à la présidence de la République.

Déclaration télévisée à l'Hôtel Matignon (16 janvier 1988).

Je me dis parfois qu'au fond je devrais partir seul quelque part. « Tu pourrais faire comme Robinson Crusoé. »
Je pense que ce serait merveilleux d'être seul avec un perroquet ou un chien.
J'adore les chiens et, pour dire la vérité, je n'aime pas beaucoup les perroquets.
Et cela me tente, me fascine.

Cité par P. Jouve et A. Magoudi,
JACQUES CHIRAC : PORTRAIT TOTAL (Carrère, 1987).

O.L.P.

■ La reconnaissance de l'OLP par la France va de soi.

Antenne 2, Cartes sur table (17 mars 1980).

■ Je suis l'un des rares hommes politiques français à rejeter le principe que l'OLP soit le seul représentant légitime du peuple palestinien.

Yedioth Aharonoth, quotidien israélien (15 août 1986).

> *Je n'ai jamais rencontré Yasser Arafat et je suis l'un des rares en France à ne pas l'avoir rencontré. Et il est superflu de préciser que la chose n'est pas due au hasard.*
>
> *Yedioth Aharonoth, quotidien israélien (15 août 1986).*

Optimisme

■ Seul l'excès d'optimisme est dangereux.

France-Soir (mars 1977).

■ Mon optimisme, je voudrais que les Français, et surtout les jeunes Français, le partagent.

Le Monde (7 mai 1996).

La France va sortir de la crise économique et morale qu'elle traverse !

Discours au parc de Bagatelle (29 avril 1995).

Je suis spontanément et naturellement heureux, optimiste et heureux de vivre. Je n'ai pas de problèmes psychologiques.

Cité par P. Jouve et A. Magoudi, Jacques Chirac : portrait total (Carrère, 1987).

Palestiniens

■ Non, je ne suis pas en faveur d'un État palestinien indépendant.

Yedioth Aharonoth, quotidien israélien (15 août 1986).

■ Un État palestinien reconnu offrira à Israël un véritable partenaire.

Devant les étudiants de l'université technologique de Haïfa, en Israël (21 octobre 1996).

> ***Soit dit en passant, personne ne soutient vraiment la formule d'un État palestinien indépendant, si ce n'est pour les besoins d'un discours.***
>
> *Yedihot Aharonot, quotidien israélien (août 1986).*

Paradis

■ Ma femme est une catholique pratiquante. J'espère qu'elle participe au salut de mon âme, qui en a bien besoin !

Paris-Match (15 avril 1988).

■ Ne vous occupez pas de ma vie, j'irai droit au ciel !

Au chef de la sécurité, lors de son voyage à Jérusalem (22 octobre 1996).

Un écrivain allemand d'avant-guerre avait posé la question de savoir si Dieu est français. Je suis enclin à croire qu'il nous aime bien, mais il lui arrive de nous châtier bien, comme on l'a vu peu d'années après cette célèbre interrogation.

La Lueur de l'espérance (La Table Ronde, 1978).

Pardon

■ Nous n'avons pas le droit de rejeter ceux qui étaient hier dans l'erreur. À tout péché, miséricorde !

Cité par C. Clessis, B. Prévost et P. Wajsman,
JACQUES CHIRAC OU LA RÉPUBLIQUE DES CADETS
(Presses de la Cité, 1972).

■ Je ne suis pas rancunier, c'est un fait. Cela ne veut pas dire que je sois amnésique.

V.S.D. (13 avril 1995).

Il faut toujours annoncer aux autres ce qu'on va faire. Ils ne vous croient jamais. C'est le meilleur moyen de leur faire en toute loyauté les pires abominations !

Cité par Thierry Desjardins,
L'HOMME QUI N'AIME PAS LES DÎNERS EN VILLE (Édition° 1, 1995).

Puissent [les Français] comprendre qu'il faut parfois, comme le disait Churchill, couper des arbres pour que la forêt soit plus belle.

LA FRANCE POUR TOUS (Nil éditions, 1994).

Paris

■ Le meilleur maire du monde, par exemple, ne peut pas faire qu'une ville comme Paris retrouve en ses quartiers l'animation, l'entraide, la solidarité des générations qui donnaient une âme à nos villages.

Au congrès des maires RPR, à Paris (10 septembre 1977).

■ Je ne vois aucune différence entre Paris et Ussel, voyez-vous. Il s'agit dans les deux cas d'une collection de villages.

Cité par Franz-Olivier Giesbert,
JACQUES CHIRAC (Le Seuil, 1987).

Les Parisiens, je ne sais pas ce que c'est, je ne les sens pas, je préfère aller en Corrèze.

En 1967, cité par Catherine Nay,
LE DAUPHIN ET LE RÉGENT (Grasset, 1994).

Le message de Paris, c'est son amour du cyclisme.

LE PARISIEN (24 juillet 1990).

Parlement

■ Les parlementaires sont les intermédiaires légitimes avec l'opinion publique et les mieux adaptés pour remplir ce rôle.

Devant les jeunes dirigeants d'entreprise (15 juin 1971).

■ On peut se poser la question de savoir si le régime parlementaire est effectivement adapté aux besoins de la société future...

Radio-Monte-Carlo (23 novembre 1971).

Aujourd'hui, le Parlement ne participe plus réellement à l'élaboration des lois, les décisions sont prises, en dehors même des ministres, par leurs cabinets.

Madame Figaro (9 juillet 1994).

N'oublions pas que le Parlement est détenteur de la souveraineté nationale. C'est ce qui fait sa grandeur.

Une nouvelle France, Réflexions 1 (Nil éditions, 1994).

Parlement européen

■ On ne voit pas comment le fait de réunir dans une assemblée européenne un certain nombre de bavards, forcément irresponsables, pourrait faire progresser les choses.

En 1977, cité par Maurice Szafran,
CHIRAC OU LES PASSIONS DU POUVOIR (Grasset, 1986).

■ Je pense que l'élection pour l'Assemblée européenne va constituer une grande consultation nationale…

LE MONDE (14 décembre 1983).

Envisager dès maintenant un Parlement européen élu et un gouvernement de l'Europe n'est pas réaliste.

Devant l'Association de la presse étrangère (12 avril 1972).

L'ambition de certains de nos partenaires est de construire une Europe germano-américaine. Voilà le danger !

À l'Assemblée nationale (15 juin 1977).

Parti de l'étranger

■ On prépare l'inféodation de la France, on consent à l'idée de son abaissement. Comme toujours quand il s'agit de l'abaissement de la France, le parti de l'étranger* est à l'œuvre avec sa voix paisible et rassurante.

Appel de Cochin (6 décembre 1978).

■ Le parti de l'étranger... La formule était sûrement malheureuse. Elle a laissé croire que je mettais en cause le patriotisme des apôtres de la construction européenne. Bien entendu je ne mettais en cause que le penchant de certains esprits à l'autodénigrement et à la démission, accessoirement le snobisme anti-français de certaines officines intellectuelles.

La France pour tous (Nil éditions, 1994).

* *Jacques Chirac ou son entourage ont souvent contesté que le parti désigné comme étant celui « de l'étranger » fut l'UDF, qui venait de naître à l'initiative du président Giscard d'Estaing. Pourtant, l'un des plus proches collaborateurs de Chirac à l'époque, Denis Baudouin, — à qui « L'Appel de Cochin » fut soumis, et qu'il désapprouva — écrit textuellement dans ses mémoires politiques (« Dans les allées du pouvoir », Lattès, 1990) : « La phrase la plus terrible et la plus accusatrice comparait l'UDF au parti de l'étranger. »*

Partis politiques

■ Malheureusement, les partis concourent [...] à empêcher la formation de la volonté du peuple...

La Lueur de l'espérance (La Table Ronde, 1978).

■ Les partis sont indispensables à l'exercice du droit démocratique des libertés.

Antenne 2, L'Heure de vérité (28 janvier 1985).

Au-delà des partis, s'étend le royaume plus étendu des partis pris.

La Lueur de l'espérance (La Table Ronde, 1978).

Le milieu politique donne aux Français le spectacle d'un interminable bal masqué où les valseurs défilent devant les caméras avant d'aller fomenter de petits complots, sous couvert de commenter des sondages.

La France pour tous (Nil éditions, 1994).

Partis politiques

■ Le bon fonctionnement des institutions suppose l'existence au sein de la majorité d'un parti détenant à lui seul la majorité absolue de l'Assemblée nationale.

Aux assises de l'UDR, à Strasbourg (15 novembre 1971).

■ Avoir la majorité à nous tous seuls, ce n'est ni notre objectif ni notre prétention.

L'EXPRESS (13 février 1978).

Le sumo est un grand art, ce qui n'est pas le cas pour le combat politique.

Cité par P. Jouve et A. Magoudi, JACQUES CHIRAC : PORTRAIT TOTAL (Carrère, 1987).

Ne vous laissez pas museler, représenter et trahir par des prétendues élites qui substituent leurs idéologies, leurs faiblesses ou leurs calculs à la volonté générale, à la raison claire et ferme, au sentiment vrai de notre peuple, qu'elles méprisent visiblement.

Discours à Avignon (27 octobre 1977).

Passéiste

■ Je ne rêve pas à la France de Louis XIV, ni à celle de Napoléon Ier. Encore que…

La Lueur de l'espérance (La Table Ronde, 1978).

■ M. Mitterrand, sur à peu près tous les sujets, s'est tourné vers le passé, proche et lointain.

Paris-Match (13 mai 1988).

Il s'est fait du gaullisme sans de Gaulle, et même sans le savoir, probablement depuis Vercingétorix.

La Lueur de l'espérance (La Table Ronde, 1978).

Il faut rassembler les Français, comme cela a toujours été l'ambition des gaullistes et celle déjà de Henri IV…

Le Monde (13 août 1983).

Patrons

■ Le problème, c'est que les patrons ne veulent pas bouger. Ils ne comprennent que les coups de pied au cul. S'ils en veulent, ils en auront.

En 1995, cité par Raymond Pronier, L'ANNÉE CHIRAC : L'IMPOSTURE PERMANENTE (Lattès, 1996).

■ Certains amateurs de chamailles attendent que je vous donne quelques leçons bien senties : ils en seront pour leurs frais ! Tout au contraire, je suis venu ici, aujourd'hui, vous dire mon soutien et ma confiance.

Discours pour le 50e anniversaire du CNPF, au Futuroscope de Poitiers (16 septembre 1996).

Il faut [...] cesser de considérer que, lorsqu'une entreprise fait des pertes, elle est dirigée par des imbéciles, et lorsqu'elle fait des bénéfices, elle est dirigée par des escrocs. *LE FIGARO MAGAZINE (28 avril 1979).*

Les entreprises ont plus besoin de liberté que de subventions...

T.F.1., L'ENJEU (13 septembre 1984).

PENSÉE UNIQUE

La pensée unique, c'est ce que raconte un petit cercle de gens pour qui on ne peut rien changer dans la société. Ils se serrent les coudes, resservent sans arrêt les mêmes solutions, n'ont qu'une vision comptable de la société, ne songent qu'à augmenter les impôts pour faire face au chômage, dialoguent tout le temps entre eux à la télévision et se sont toujours trompés. Toujours et sur tout.

Cité par R. Bacqué et D. Saverot,
CHIRAC PRÉSIDENT, LES COULISSES D'UNE VICTOIRE (Le Rocher/DBW, 1995).

Ce sont les bien-pensants, les forçats de la pensée unique, la dérision aux lèvres, qui prétendent qu'il n'y a pas de débat et qu'au fond tous les projets se valent. Ce qui, bien sûr, est totalement faux.

V.S.D. (13 avril 1995).

Si rupture il doit y avoir, c'est avec le conformisme intellectuel, ce que j'ai appelé « la pensée unique », et une approche trop statique de l'économie.

LES ÉCHOS (2 mai 1995).

Pessimisme

■ En politique, un excès de pessimisme n'a jamais fait de tort ni de mal.

France-Soir (mars 1977).

■ Le pessimisme ouvre la voie à tous les renoncements.

La France pour tous (Nil éditions, 1994).

Il est temps de renoncer au renoncement.

Discours à la porte de Versailles (17 février 1995).

Ce n'est pas en semant l'inquiétude qu'on récolte le bonheur.

Cité par C. Clessis, B. Prévost et P. Wajsman, Jacques Chirac ou la République des Cadets (Presses de la Cité, 1972).

Police

■ La police répressive appartient soit à notre passé, soit à d'autres pays.

Devant la presse parlementaire, cité par LE MONDE *(6 avril 1971).*

■ Quand je parle de la police, je m'en tiens à l'aspect répressif.

LE QUOTIDIEN DE PARIS *(14 novembre 1984).*

Dans certaines banlieues délabrées des grandes villes, des zones entières sont hors la loi. La police ne peut y intervenir efficacement. Une économie de type mafieux y prospère impunément : la drogue, la prostitution, la rapine.

LA FRANCE POUR TOUS *(Nil éditions, 1994).*

[À Tokyo], les commissariats n'ont pas de porte, afin qu'on puisse y entrer ou en sortir très vite en cas de nécessité.

LE FIGARO MAGAZINE *(1er février 1986).*

Pollution

■ Je vous donne rendez-vous dans trois ans, pour traverser avec moi la Seine à la nage. À ce moment-là, [...] l'eau sera pure à 100 %.

Le Journal du Dimanche (5 mars 1989).

■ En réalité, j'avais promis non pas de me baigner mais de traverser la Seine. [...] Je dois à la vérité de dire que je ne l'ai pas fait. Il faudra que j'y songe.

Paris-Match (27 avril 1995).

Il y a deux mois, je vois un homme bien de sa personne passant à deux mètres d'une corbeille à papiers, avec un tract dans les mains qu'il jette à terre. Je le rattrape et lui fais remarquer la courte distance qui le séparait de la corbeille. Il me regarde, stupéfait, me reconnaît et me dit : « Mais, monsieur, il y a des gens qui sont payés pour nettoyer. »

Libération (24 juillet 1991).

Pompidou (Georges)

■ M. Pompidou est en train de remonter la pente. Il a simplement besoin d'un peu de repos.

Le 22 mars 1974, cité par Franz-Olivier Giesbert,
Jacques Chirac (Le Seuil, 1987).

■ Le 2 avril dernier, Georges Pompidou est mort, laissant au monde l'exemple admirable de son sacrifice au service de la France.

Déclaration gouvernementale à l'Assemblée nationale (6 juin 1974).

Georges Pompidou est en mesure de gouverner jusqu'à l'élection présidentielle de 1976. Sa maladie n'est pas mortelle.

En février 1974, cité par Franz-Olivier Giesbert,
Jacques Chirac (Le Seuil, 1987).

Connaissez-vous les aphorismes de M. Fenouillard ?... C'est plein de philosophie, vous savez. Georges Pompidou n'hésitait pas à s'en servir : l'histoire des « bornes qu'il ne faut pas dépasser », c'est dans Fenouillard qu'il l'a trouvée.

Le Figaro (6 mai 1991).

Premiers émois

■ J'avais cinq ans et une petite amie que j'embrassais, paraît-il, tout le temps, parce que je la trouvais très gentille, et qui n'arrêtait pas de me dire : « Jacques, tu m'uses, tu m'uses. » La Corrèze, en revanche, je peux l'embrasser chaque semaine : elle, ne m'use jamais.

LES MILLE SOURCES, autobiographie inédite (1977).

■ Je ne crois pas qu'il soit souhaitable que les enfants de moins de cinq ans aient des préoccupations au niveau sexuel.

Cité par P. Jouve et A. Magoudi,
JACQUES CHIRAC : PORTRAIT TOTAL (Carrère, 1987).

[Mon premier baiser ?] Je devais être fort jeune. C'était un baiser à une jeune Corrézienne. Je ne vous cache pas que ce fut un baiser plutôt maladroit.

PARIS-MATCH (27 avril 1995).

La timidité est l'un des patrimoines de l'homme.

Cité par Robert Madjar,
JACQUES CHIRAC, LE 12e MAIRE (Presses de la Cité, 1977).

Présidentialisation

■ Je suis convaincu que le régime français doit se présidentialiser beaucoup plus qu'il ne l'est actuellement.

Le Quotidien de Paris (8 juillet 1974).

■ La présidentialisation renforcée, j'y suis tout à fait hostile.

Au Grand Jury R.T.L.-Le Monde (7 octobre 1984).

En ce qui nous concerne, nous ne sommes pas dans un régime présidentiel. Nous sommes dans un régime de transition.

Radio-Monte-Carlo (23 novembre 1971).

Quand un organisme en est à étudier ses statuts, c'est qu'il est moribond !

Devant les parlementaires UDR, à Vélizy (3 juillet 1974).

PRESSE

J'ai beaucoup d'estime pour les journalistes, mais l'idée qu'ils viennent mettre leurs caméras dans mes placards pour voir la couleur de mes caleçons, non ! Alors, là, non !

Cité par P. Jouve et A. Magoudi,
JACQUES CHIRAC : PORTRAIT TOTAL (Carrère, 1987).

Un journal, qui s'appelle « Le Monde », semble bien inspiré de ne pas se laisser manipuler...

FRANCE-INTER (19 janvier 1978).

Il y a longtemps que je ne lis plus ce qu'on écrit sur moi dans les journaux pour ne pas avoir à sursauter tous les matins en prenant mon petit déjeuner.

Cité par Thierry Desjardins,
L'HOMME QUI N'AIME PAS LES DÎNERS EN VILLE (Édition° 1, 1995).

Rendez-vous compte, si je venais vous proposer de venir vous prendre en photo dans votre salle de bains, pour savoir si vous fumez dans votre baignoire ou si vous écoutez la radio, si vous prenez du bain moussant, ou bien quelle est la nature de votre savon, est-ce que vous seriez content ? Vous diriez merde ! Et vous auriez raison !

Cité par P. Jouve et A. Magoudi,
JACQUES CHIRAC : PORTRAIT TOTAL (Carrère, 1987).

Primaires

■ Je ne suis pas favorable aux « primaires » pour les législatives.

Au GRAND JURY RTL-LE MONDE (5 juillet 1992).

■ Il y a un certain nombre de situations particulières, sur le plan local, où les « primaires » peuvent être souhaitables.

Au GRAND JURY RTL-LE MONDE (5 juillet 1992).

Si les primaires n'ont pas lieu, Giscard et moi nous serons candidats et nous entrerons tous les deux en même temps dans le Guinness des records d'imbécillité.

LE POINT (27 juillet 1991).

Les primaires sont faites pour susciter l'émulation et choisir un seul champion.

LE FIGARO (6 mai 1991).

Programme

■ Lorsqu'on est l'opposition, il est tout à fait légitime d'avoir un programme.

EUROPE 1, CLUB DE LA PRESSE (3 avril 1977).

■ Je n'ai jamais été favorable à un programme. C'est quelque chose d'immobile et que les événements mondiaux rendent vite périmé.

LE JOURNAL DU DIMANCHE (24 avril 1977).

Les promesses n'engagent que ceux qui les reçoivent.

LE MONDE (22 février 1988).

Comme le disait Georges Pompidou, le gaullisme n'est pas une doctrine ou un programme.

LE QUOTIDIEN DE PARIS (14 novembre 1984).

Programme

■ Je conduis mon gouvernement en appliquant notre programme.

T.F.1., Questions à domicile (30 novembre 1986).

■ Ces histoires de programme, je n'en ai rien à foutre. Il y a toujours des événements inattendus qui font qu'on ne les applique pas.

À François Léotard, en 1986, cité par Franz-Olivier Giesbert, Jacques Chirac (Le Seuil, 1987).

Oui, on va faire de l'électoralisme. C'est peut-être pas brillant mais il faut empêcher la majorité de foutre le camp.

En mars 1976, cité par Franz-Olivier Giesbert, Jacques Chirac (Le Seuil, 1987).

Notre programme était ambitieux et aurait permis à la France [...] de relever tous les défis de l'an 2000 et de devenir le premier pays européen.

À propos de la présidentielle de 1988, cité par Thierry Desjardins, L'Homme qui n'aime pas les dîners en ville (Édition° 1, 1995).

Proverbes et dictons

L'union fait la force.

Discours au sommet franco-italien de Naples (3 octobre 1996).

C'est au milieu du gué que le courant est le plus fort.

En Conseil des ministres, cité par LE FIGARO *(10 octobre 1996).*

Il faut labourer le champ si l'on veut l'ensemencer.

LE FIGARO MAGAZINE *(1er février 1986).*

Il ne faut pas se laisser prendre aux délices de Capoue.

LE POINT *(13 août 1973).*

Un proverbe dit : « Quand l'eau monte du port, tous les bateaux s'élèvent, les petits comme les grands. »

LA FRANCE POUR TOUS *(Nil éditions, 1994).*

Quand on va au charbon, on se salit.

EUROPE 1, CLUB DE LA PRESSE *(8 février 1987).*

Un cycliste n'est stable sur sa bicyclette qu'en avançant.

LA FRANCE POUR TOUS *(Nil éditions, 1994).*

Je préfère être assis chez moi que debout chez les autres.

LE FIGARO MAGAZINE *(8 avril 1995).*

C'est toujours plus facile de casser que de réparer.

FRANCE-SOIR *(14 mai 1984).*

Quinquennat

■ Je suis plutôt favorable au quinquennat.

LE POINT (2 décembre 1994).

■ Je considère que le quinquennat n'est pas d'actualité.

Débat télévisé avec Lionel Jospin (2 mai 1995).

Si j'ai toujours refusé le raccourcissement du septennat, c'est parce que je pense que cela permet à la France d'avoir une certaine capacité d'action.

Cité par Ghislaine Ottenheimer, LE FIASCO (Albin Michel, 1996).

J'ai montré que la durée du mandat présidentiel posait un vrai problème, disant que deux fois sept ans, manifestement, c'était beaucoup.

LE FIGARO MAGAZINE (23 janvier 1982).

Racisme

■ Je répète : pas de racisme, c'est pour moi une obsession.

PARIS-MATCH (22 juillet 1983).

■ Le racisme, si je ne peux l'admettre, je peux le comprendre.

Réunion publique à Marseille (10 mars 1988).

Le premier racisme n'existe pas entre les Français d'origine et les immigrés, mais entre les Arabes et les Noirs.

Dîner-débat à Orléans (19 juin 1991).

Reagan (Ronald)

■ Si être reaganien, c'est souhaiter la victoire de M. Reagan aux élections américaines, alors je vous dis : oui, je suis reaganien…

Europe 1, Club de la presse (4 novembre 1984).

■ Je me demande quelle arrière-pensée anime ceux qui veulent à tout prix me comparer au président Reagan. Trop, c'est trop.

Le Quotidien de Paris (14 novembre 1984).

Au fond, n'est-ce pas plutôt sur le plan culturel et spirituel que Reagan a provoqué le redressement de son pays et qu'il a donné des États-Unis une image qui fascine l'opinion ?

Le Quotidien de Paris (14 novembre 1984).

Les gaullistes […] approuvent ce phénomène de redressement national qui, dans une certaine mesure, s'apparente à celui qu'ils ont connu lorsque le général de Gaulle affrontait victorieusement les difficultés de la France.

Le Quotidien de Paris (14 novembre 1984).

Reagan (Ronald)

■ Reagan est un homme qui a réussi : il a réalisé le redressement matériel et encore plus moral de son pays.

Le Quotidien de Paris (14 novembre 1984).

■ M. Reagan a un certain nombre de conceptions et un certain nombre de pratiques qui ne sont absolument pas applicables dans notre pays.

Europe 1, Club de la presse (4 novembre 1984).

J'ai entendu la réaction de jeunes interrogés par une radio au lendemain de la réélection du président Reagan. Tous étaient d'abord frappés par cette sorte de miracle qui a réussi à redonner, semble-t-il, l'enthousiasme, l'espoir, la fierté au peuple américain et notamment aux jeunes.

Le Quotidien de Paris (14 novembre 1984).

Réflexion

■ Contrairement à ce que certains pensent, j'ai du temps — compté, il est vrai — que je peux consacrer à la réflexion ou à la lecture…

PARIS-MATCH (15 avril 1988).

■ La réflexion n'est pas compatible avec le poste de Premier ministre.

En juillet 1994, cité par FRANCE-SOIR (6 avril 1995).

Pour moi, il est donc acquis que je suis un fonceur. Autant dire que je manque de réflexion, que j'ignore le doute et que la nuance m'est étrangère. Dans le meilleur des cas, cela donne Bonaparte au pont d'Arcole.

LES MILLE SOURCES, autobiographie inédite (1977).

Maintenant que je suis en charge des affaires des Français, est-ce que cela veut dire que j'ai la science infuse, en quelque sorte la vérité révélée et que je n'ai plus qu'à commander ?

Cité par LE FIGARO (6 mai 1996).

Réforme

■ La réforme ne viendra pas du haut, ne sera pas enseignée par les savants : elle viendra du bas, de l'expérience populaire.

À Amiens en avril 1996, cité par LE FIGARO (6 mai 1996).

■ On ne va pas réformer l'université en demandant aux universitaires eux-mêmes comment s'y prendre !

Cité par Ghislaine Ottenheimer, LE FIASCO (Albin Michel, 1996).

Ce ne sont pas des médiateurs qu'il faut envoyer dans les universités, mais des maquignons qui discuteront centime par centime avec les étudiants.

Cité par Véziane de Vezins, L'ANNÉE CHIRAC : L'AVENIR À BRAS-LE-CORPS (Lattès, 1996).

La réforme n'est pas une potion amère à prendre sous tranquillisants.

Meeting à la Porte de Versailles, à Paris (17 février 1995).

Règlements de comptes

■ J'ai passé l'âge où l'on a envie de régler des comptes.

Cité par Maurice Szafran,
CHIRAC OU LES PASSIONS DU POUVOIR (Grasset, 1986).

■ Quand je fais l'inventaire, c'est quand même fou, le nombre de types qui m'ont trahi ! Eh bien, c'est vrai, pendant des années, j'ai toujours pardonné. [...] Maintenant, ça, c'est fini.

Cité par Thierry Desjardins,
L'HOMME QUI N'AIME PAS LES DÎNERS EN VILLE (Édition° 1, 1995).

> *Il ne faut pas dissimuler que le monde politique est une jungle.*
>
> *Cité par C. Clessis, B. Prévost et P. Wajsman,*
> *JACQUES CHIRAC OU LA RÉPUBLIQUE DES CADETS*
> *(Presses de la Cité, 1972).*

Retraite

■ Si rien ne change, dès les années 80, il faudra, non pas abaisser, mais repousser l'âge du départ à la retraite.

Discours à Mont-de-Marsan (7 octobre 1977).

■ L'âge de la retraite sera conservé.

ANTENNE 2, L'HEURE DE VÉRITÉ (28 janvier 1985).

> ***Je n'ai pas un langage à l'usage des jeunes, un autre à l'usage des retraités.***
>
> *V.S.D. (12 mars 1992).*

RÉVÉLATIONS

[J'ai été] dépucelé dans un bordel d'Alger.

Cité par LIBÉRATION (17 février 1995).

J'étais profondément Algérie française. [...] Personne ne peut nous reprocher, vraiment, cet engagement.

Cité par Maurice Szafran, CHIRAC OU LES PASSIONS DU POUVOIR (Grasset, 1986).

J'écris au stylo, je n'écris ni au burin ni à la plume d'oie !...

PARIS-MATCH (27 avril 1995).

Il y a une vieille légende, je vous le signale, qui veut que mon totem ait été « bison égocentrique ». [...] Cette légende est dépourvue de fondement, pour une raison simple : je n'ai jamais été totémisé.

T.F.1., JACQUES CHIRAC : AUTOPORTRAIT (21 janvier 1987).

J'étais un petit garçon de son temps, c'est-à-dire qui paraîtrait, aujourd'hui, timide mais qui à l'époque ne l'était pas. Je ne faisais pas partie de la société qui organisait des « surboums ».

Cité par P. Jouve et A. Magoudi, JACQUES CHIRAC : PORTRAIT TOTAL (Carrère, 1987).

J'ai été un très mauvais ministre des Relations avec le Parlement, avant que Pompidou me nomme à l'Agriculture.

Cité par Christine Clerc,
JACQUES, ÉDOUARD, CHARLES, PHILIPPE ET LES AUTRES (Albin Michel, 1994).

RÉVÉLATIONS

J'ai pêché un peu quand j'étais jeune, braconné, pour dire la vérité. Ce qui est interdit. Je ne l'ai pas fait longtemps et il y a prescription.

T.F.1., *JACQUES CHIRAC : AUTOPORTRAIT (21 janvier 1987).*

Personnellement, j'emploie l'imparfait du subjonctif... Beaucoup d'autres hommes politiques également, dont Édouard Balladur.

PARIS-MATCH (15 avril 1988).

Quand, par hasard, je suis invité à un dîner en ville auquel je ne peux me soustraire pour une raison quelconque, je suis accablé de fatigue et d'ennui. Mais de fatigue physique.

Cité par P. Jouve et A. Magoudi, JACQUES CHIRAC : PORTRAIT TOTAL (Carrère, 1987).

Quand j'étais en Algérie, j'ai été blessé et j'ai subi un traumatisme du nerf optique qui fait que mon œil gauche est beaucoup plus faible que mon œil droit. Je vois très mal de loin, mais je ne peux pas lire avec mes lunettes.

FRANCE-SOIR (mars 1977).

Il y a en effet dans ma circonscription un village qui s'appelle Chirac. Il a une consonance qui, pour moi, renforce mes racines locales. J'ai la faiblesse d'y tenir.

PARIS-MATCH (15 avril 1988).

Savez-vous que pour créer une centrale atomique d'un nouveau type, il faut créer, définir, et quelquefois traduire, quelque quinze mille termes ?

LE FIGARO (5 septembre 1987).

Rocard (Michel)

■ J'ai flirté avec les socialistes qui étaient dirigés par un garçon que j'estime et que j'aime beaucoup, Michel Rocard.

Cité par LE FIGARO *(8 mai 1995).*

■ Tout le monde s'extasiait devant ce qu'on appelait le « parler franc » de Rocard. [...] Rocard « parlait franc » et ne disait rien.

Cité par Thierry Desjardins,
L'HOMME QUI N'AIME PAS LES DÎNERS EN VILLE (Édition° 1, 1995).

On ne passe pas d'un seul coup d'un seul de la mairie de Conflans-Sainte-Honorine à la présidence de la République.

R.T.L., LE JOURNAL INATTENDU *(17 mai 1980).*

Depuis Léon Blum, les socialistes n'ont rien appris ni rien compris !

ANTENNE 2, L'HEURE DE VÉRITÉ *(24 juin 1982).*

R.P.R.

■ Un président pour notre mouvement, cela n'est conforme ni à la doctrine gaulliste ni aux statuts du mouvement. Cela ne se fera pas.

Devant la presse parlementaire, à l'Assemblée nationale (15 novembre 1971).

■ En 1976, j'ai refondé le mouvement gaulliste, que j'ai eu l'honneur de présider pendant dix-huit ans.

La France pour tous (Nil éditions, 1994).

> *Le gaullisme n'est la propriété de personne et ne peut s'incarner dans aucun parti. C'est pour cette raison que le général de Gaulle n'a jamais voulu que ceux qui s'étaient unis pour le soutenir créent un parti.*
>
> *France-Soir (18 mai 1974).*

R.P.R.

■ Nous ne sommes pas un parti…

Discours à Mont-de-Marsan (7 octobre 1977).

■ N'avons-nous pas comme eux [les autres partis politiques] un programme, une représentation parlementaire, bref tout ce qui caractérise un parti politique ?

LA LUEUR DE L'ESPÉRANCE (La Table Ronde, 1978).

Pour ne rien vous cacher, je crois qu'on peut être gaulliste sans être gaullien, mais je ne crois pas qu'on puisse mener une politique gaulliste sans être un peu gaullien.

Cité par Thierry Desjardins,
L'HOMME QUI N'AIME PAS LES DÎNERS EN VILLE (Édition° 1, 1995).

Vous croyez être assez nombreux.
Je vous dis : pas assez !
Vous croyez être assez généreux.
Je vous dis : pas assez !
Vous croyez être assez forts.
Je vous dis : pas assez !

Aux assises départementales de l'UDR de Corrèze,
à Égletons (3 octobre 1976).

SARKOZY (NICOLAS)

Sarkozy : il faut lui marcher dessus. Pour deux raisons. Un, c'est la seule chose qu'il comprenne. Deux, ça porte chance !

Cité par Ghislaine Ottenheimer, LE FIASCO *(Albin Michel, 1996).*

Que Charles Pasqua ne se fasse pas d'illusions, il ne sera jamais le Premier ministre d'Édouard Balladur. S'il est élu, il choisira Sarkozy, qui correspond plus à l'image qu'il se fait de l'hôte de Matignon, c'est-à-dire un Premier ministre à ses ordres.

FRANCE-SOIR *(janvier 1995).*

C'est aussi pour cela que je me bats, pour que la France ne soit pas gouvernée par Sarkozy.

Cité par Ghislaine Ottenheimer, LE FIASCO *(Albin Michel, 1996).*

La majorité est unie et s'aime bien !

LE MONDE *(2 janvier 1995).*

Sécurité sociale

■ Il est naturel que les dépenses de santé progressent.

Le Monde (15 avril 1980).

■ Il faut poursuivre la démarche de maîtrise des dépenses de santé.

Le Monde (octobre 1995).

Certains prédisent à la Sécurité sociale les pires catastrophes. Il n'en sera rien.

Paris-Match (13 mai 1988).

Il est absurde de prescrire trois médicaments alors qu'un seul suffirait. Il est absurde de consulter trois médecins alors que le premier a fait un diagnostic.

France 2 (26 octobre 1995).

SÉGUIN (PHILIPPE)

Intelligence exceptionnelle, remarquable orateur, mais si difficile à classer et plus encore à prévoir...

En 1990, cité par Christine Clerc,
JACQUES, ÉDOUARD, CHARLES, PHILIPPE ET LES AUTRES (Albin Michel, 1994).

M. Séguin s'exprime en son nom personnel et ne saurait en rien engager le mouvement auquel, par ailleurs, il appartient.

EUROPE 1, CLUB DE LA PRESSE (27 mai 1984).

Pasqua et Séguin veulent nous piquer le RPR.

En 1992, cité par Christine Clerc,
JACQUES, ÉDOUARD, CHARLES, PHILIPPE ET LES AUTRES (Albin Michel, 1994).

Enfin, vous l'avez vu ? Ne me dites pas qu'il a une morphologie de droite ?!

LIBÉRATION (17 février 1995).

Si Philippe Séguin était Premier ministre, au bout de huit jours il proposerait sa démission, et je serais trop content de l'accepter.

À Pierre Mazeaud, cité par Véziane de Vezins,
L'ANNÉE CHIRAC : L'AVENIR À BRAS-LE-CORPS (Lattès, 1996).

Sénat

■ Le Sénat est une vieille institution dont la représentativité et l'efficacité sont très contestables.

LE MONDE (25 mars 1969).

■ Il y a beaucoup à apprendre des représentants du suffrage universel ; députés et sénateurs ont une connaissance intuitive des choses.

LE FIGARO (mars 1971).

> *La politique, par la gravité de son enjeu, appelle à une certaine austérité, à une certaine rigueur dans les propos qui s'y rapportent.*
>
> *LA LUEUR DE L'ESPÉRANCE (La Table Ronde, 1978).*

Seuil de tolérance

■ La France est bonne mère mais elle n'a plus les moyens d'entretenir une foule d'étrangers qui abusent de son hospitalité. Le seuil de tolérance est dépassé, il faut contrôler l'immigration.

Déclaration (13 juillet 1983).

■ La notion de seuil de tolérance n'est pas de moi, elle est de François Mitterrand.

JEUNE AFRIQUE (13 août 1992).

> *Notre problème, c'est pas les étrangers, c'est qu'il y a aujourd'hui overdose. C'est ça, le problème ! C'est peut-être vrai qu'il n'y a pas plus d'étrangers qu'avant la guerre, mais ce n'est pas les mêmes, et ça fait une différence. Il est certain que d'avoir des Espagnols, des Polonais et des Portugais qui travaillent chez nous, ça pose moins de problèmes que d'avoir des musulmans ou des Noirs.*
>
> *Dîner-débat à Orléans (19 juin 1991).*

Sexualité

■ Je crois n'avoir jamais vu de film pornographique, non que je n'en aie pas eu envie pour me rendre compte de ce que c'était, mais simplement parce que je ne veux pas aller dans une salle spécialisée.

Paris-Match (15 avril 1988).

■ Il n'y a pas lieu de désespérer de la vertu, elle est mieux partagée qu'on ne le dit.

La France pour tous (Nil éditions, 1994).

Comment supposer que l'on puisse raconter : « Et bien voilà, j'ai rêvé, j'ai fantasmé, un rêve macabre, érotique... » Cela ne regarde personne. Mitterrand avait répondu « zut ! » Et il a eu raison.

Cité par P. Jouve et A. Magoudi,
Jacques Chirac : portrait total (Carrère, 1987).

On mange parce que l'on a envie de manger. On boit parce que l'on a envie de boire. On fait l'amour parce que l'on a envie de faire l'amour.

Cité par P. Jouve et A. Magoudi,
Jacques Chirac : portrait total (Carrère, 1987).

Shocking !

■ Mais qu'est-ce qu'elle me veut de plus, cette ménagère ? Mes couilles sur un plateau ?

À Margaret Thatcher, au sommet européen de Bruxelles, en février 1988, cité par LIBÉRATION *(9 mai 1995).*

■ J'essaie de bannir de mon langage toute forme d'appréciation sur les personnes.

V.S.D. (12 mars 1992).

Je suis réellement stupéfait [...] qu'un pays comme la Grande-Bretagne veuille que nous rompions toutes les relations avec la Syrie à cause d'un obscur complot à la bombe qui a fait long feu... Est-ce qu'ils pensent vraiment que les gens vont se dire : « Bravo ! Ils ont des couilles au cul. »

THE WASHINGTON TIMES *(10 novembre 1986).*

Social-démocratie

■ Le créneau de la social-démocratie est déjà occupé par le RPR.

T.F.1., L'Événement (17 novembre 1977).

■ La social-démocratie est la voie la plus pernicieuse.

Déclaration à Tokyo (21 octobre 1984).

Je ne crois pas que la social-démocratie ait jamais apporté quoi que ce soit. On ne connaît pas un grand social-démocrate, une philosophie social-démocrate, une grande réussite historique social-démocrate.

Cité par Thierry Desjardins, L'Homme qui n'aime pas les dîners en ville (Édition° 1, 1995).

Socialistes

■ Je suis sûr que, le temps aidant, beaucoup nous rejoindront, notamment, c'est probable, parmi les socialistes.

Jours de France (3 mars 1975).

■ [Je ne vois] pas de terrain sur lequel on puisse opérer de rapprochement honnête des points de vue avec les socialistes.

Discours à Charleville-Mézières (28 octobre 1985).

L'ouverture [...], s'il s'agit d'une espèce de débauchage des responsables politiques, c'est à la fois inutile, dangereux et indigne.

L'Express (13 février 1978).

J'ai découvert hier soir une formule qui décrit assez bien la situation des socialistes : « On ne transige jamais avec ses principes sauf quand on n'en tient pas compte. »

Le Figaro (6 mai 1991).

Socialistes

■ Une grande part, non négligeable, de ce que proposent les socialistes, ne m'inquiète pas du tout.

Le Monde (3 juin 1981).

■ C'est la décadence qui est au terme des expériences socialistes.

France-Inter, Face au public (3 mars 1982).

Bien sûr que je suis de gauche !
Je mange de la choucroute, je bois de la bière…

Libération (17 février 1995).

La France ne doit être gouvernée ni à gauche, ni à droite, ni au centre, mais autour des intérêts supérieurs.

Europe 1, Club de la presse (8 février 1987).

Technocrates

■ Si M. Pompidou est un véritable homme d'État, c'est bien entendu grâce à son sens politique, mais c'est aussi parce qu'il a su devenir un technocrate...

Cité par C. Clessis, B. Prévost et P. Wajsman, JACQUES CHIRAC OU LA RÉPUBLIQUE DES CADETS (Presses de la Cité, 1972).

■ Je crois que le pouvoir technocratique comporte un très grand danger dans la mesure où c'est un pouvoir déshumanisé.

LE QUOTIDIEN DE PARIS (8 juillet 1974).

Technocrates de tous bords, oligarques socialistes, dirigeants communistes, intellectuels infatués d'une mission pseudo-sacerdotale, plus quelques présidents abusifs d'entreprises privées ou nationalisées, et diverses autres catégories sans doute, l'énumération n'est pas exhaustive et n'épargne ni la gauche, ni la droite, ni le milieu : le tout se ramène à des variantes modernisées de l'aristocratie.

Au congrès des maires RPR, à Paris (10 septembre 1977).

Télévision

■ Connaissez-vous des télévisions qui soient beaucoup plus culturelles que la nôtre dans le monde ?

À Bernard Pivot, PARIS-MATCH *(15 avril 1988).*

■ Quand la télévision nous montre le martyre qu'endurent des enfants affamés, mutilés ou prostitués et que des scènes d'une violence gratuite (mais payante) prennent le relais, j'ai honte de notre société.

LA FRANCE POUR TOUS (Nil éditions, 1994).

Je n'ai jamais fait l'effort de m'adapter à la télévision. J'ai eu tort de ne pas écouter mes amis qui me conseillaient de travailler, comme l'avait fait de Gaulle lui-même. Autant j'aime le dialogue avec les gens, autant il m'est difficile de dialoguer avec une lentille.

LE NOUVEL OBSERVATEUR (12 janvier 1995).

L'univers médiatique a ses lois. Il ne se préoccupe que des dissidents ou des agressifs. Les autres, tous les autres, sont pour lui sans intérêt : la nation n'intéresse plus les médias.

LE FIGARO (16 juin 1990).

Télévision

■ Je constate que TF1 privatisée a augmenté son audience, que les téléspectateurs ont l'air satisfait...

Paris-Match (15 avril 1988).

■ Tout de même, ce sadisme, cette vulgarité, cette cruauté dont les enfants sont spectateurs sur les écrans de télévision ou devant les kiosques à journaux, quel aveu de déficience morale !

La France pour tous (Nil éditions, 1994).

Quand on passe à la radio ou à la télévision, le genre implique, pour éviter « les tunnels », comme vous dites, le dialogue, les phrases courtes, et exclut naturellement tout développement de fond. Par conséquent, sauf à parler à son chauffeur de taxi — ce qui est d'ailleurs fort sympathique — il est extrêmement difficile d'expliquer ce que l'on veut.

Paris-Match (15 avril 1988).

Télévision

Je suis catastrophique à la télévision. Plus j'y passe, plus je deviens impopulaire.

Cité par P. Favier et M. Martin-Roland,
La Décennie Mitterrand, 1 - Les Ruptures (Le Seuil, 1990).

La troisième chaîne [...] sera en premier lieu la « chaîne du cinéma »...

Le Monde (4 juillet 1974).

Je n'ai pas Canal Plus ! On m'a envoyé un des premiers décodeurs, mais je l'ai retourné car il ne fonctionnait pas et faisait une bosse inesthétique sur mon téléviseur !

Paris-Match (15 avril 1988).

Nous privatiserons les chaînes de télévision, sauf une.

Le Figaro Magazine (1er février 1986).

Les responsables de chaînes, d'antennes, de publications et de produits audiovisuels, eux aussi, ont une responsabilité. Il faut la préciser et la leur rappeler. Sinon l'appât du gain et la course à l'audience mutileront les psychismes et la lutte contre la délinquance sera perdue d'avance.

La France pour tous (Nil éditions, 1994).

Temps de travail

■ Je ne crois guère à l'idée de réduction du temps de travail.

Le Figaro Magazine (6 mars 1993).

■ La baisse du temps de travail conduit à des gains de productivité.

Entretien télévisé (14 juillet 1996).

Nous devons prendre conscience que le travail ne constitue plus, désormais, l'essentiel d'une vie.

Conférence de presse à Arras, Pas-de-Calais (30 septembre 1996).

Les trente-neuf heures, on ne pourra pas revenir dessus, mais on n'ira pas au-delà.

Antenne 2, L'Heure de vérité (28 janvier 1985).

Temps de travail

■ Ce n'est pas en travaillant moins qu'on sortira de la crise. Il faudra faire en sorte que l'on travaille davantage.

En 1983, cité par Maurice Szafran,
CHIRAC OU LES PASSIONS DU POUVOIR (Grasset, 1986).

■ Ce qui est sûr, c'est que la réduction du temps de travail, au cas par cas, est un moyen important de lutte contre le chômage.

Entretien télévisé (14 juillet 1996).

J'aime en particulier l'été, au bord de la mer, au soleil, me reposer sur une plage en me baignant, en faisant, pour tout dire, le lézard.

Cité par P. Jouve et A. Magoudi,
JACQUES CHIRAC : PORTRAIT TOTAL (Carrère, 1987).

Les anciens savaient que la clé des songes est aussi celle de l'équilibre et du bonheur, et recommandaient la pratique de la sieste.

Préface au livre de Bruno Comby,
ÉLOGE DE LA SIESTE (éditions F.-X. de Guibert).

Tête

■ Est-ce que j'ai la tête de quelqu'un qui porte atteinte aux droits de l'homme ?

Antenne 2, L'Heure de vérité (23 avril 1986).

■ Des réseaux ? Est-ce que j'ai une tête à avoir des réseaux ?

Le Figaro (18 octobre 1994).

> ***Le poisson pourrit par la tête, le présent par l'avenir.***
>
> *La Lueur de l'espérance (La Table Ronde, 1978).*

Travaillisme

■ Le grand rassemblement auquel je vous convie [...] devra allier la défense des valeurs essentielles du gaullisme aux aspirations d'un véritable travaillisme français...

Aux assises départementales de l'UDR de Corrèze, à Égletons (3 octobre 1976).

■ Je n'ai jamais été « travailliste » ou « reaganien ».

L'Événement du Jeudi (13 avril 1995).

Si j'ai employé ce mot — je ne l'employerai plus — c'est pour montrer qu'on ne m'embarquerait pas à droite. Beaucoup, croyez-moi, m'y invitaient.

L'Express (13 décembre 1976).

J'accepte la polémique qui a eu lieu sur le sens que j'ai donné au mot « travaillisme » — un terme employé peut-être à tort.

L'Express (14 mai 1982).

Traversée du désert

■ Je ne suis pas certain qu'une « traversée du désert » soit un élément essentiel à l'approfondissement, à la réflexion politique.

France-Soir (16 juin 1977).

■ Il n'y a rien de plus salutaire qu'une bonne petite traversée du désert. Ça permet de réfléchir aux vrais problèmes.

Cité par Thierry Desjardins,
L'Homme qui n'aime pas les dîners en ville (Édition° 1, 1995).

Je crois qu'on se prépare mieux à présider un pays en traversant un désert qu'en étant quinze heures par jour entre des téléphones, des parapheurs et des conseils interministériels.

Cité par Thierry Desjardins,
L'Homme qui n'aime pas les dîners en ville (Édition° 1, 1995).

U.D.F.

■ Les crispations qui affectent la gauche sont inconcevables au sein de la majorité.

Le Nouvel Observateur (3 février 1975).

■ Notre problème à nous est de nous mettre en position de distancer la droite, l'UDF par exemple, dont je n'ai jamais entendu parler sur le terrain, au premier tour des élections législatives.

Antenne 2, Cartes sur table (8 février 1978).

L'UDF, c'est comme un pâté, ça va réduire à la cuisson.

À la création de l'UDF, le 1er février 1978, cité par Thierry Desjardins, L'Homme qui n'aime pas les dîners en ville (Édition° 1, 1995).

Mes préoccupations, croyez-le, n'ont rien d'électoral.

France-Soir (25 mars 1974).

U.D.F.

La création de l'UDF est une erreur sur le plan stratégique.

En 1977, cité par Jean Bothorel, LE PHARAON *(Grasset, 1983).*

Les centristes, c'est comme le PSU. Dès qu'ils sont plus de trois dans une salle, ils créent une tendance et font scission.

Cité par Catherine Nay, LA DOUBLE MÉPRISE *(Grasset, 1980).*

J'aimerais bien les voir un peu plus ! Je trouve qu'ils ont tort de ne pas se battre. [...] Je regrette de voir que nous sommes presque les seuls à aller sur le terrain, au contact direct des électeurs.

L'EXPRESS *(13 février 1978).*

L'Union pour la démocratie française, c'est d'abord et surtout la création de M. Servan-Schreiber. C'est lui qui l'a imposée à ses partenaires. C'est lui qui en est le fondateur et patron.

ANTENNE 2, CARTES SUR TABLE *(8 février 1978).*

Je me suis fait une règle absolue d'ignorer les foucades de tel ou tel et de ne pas engager de polémiques qui ne pourraient être que stériles avec les turlupins de la politique.

FRANCE-INTER *(8 septembre 1977).*

Je reste convaincu que la conception de l'Europe qui est celle des hommes et des femmes figurant sur la liste de l'UDF est profondément opposée à la nôtre.

LE FIGARO MAGAZINE *(28 avril 1979).*

Union

■ Si l'on veut gagner, il faut l'union de l'opposition.

ANTENNE 2, L'HEURE DE VÉRITÉ (28 janvier 1985).

■ Moi, je ne suis pas un « unioniste » passionné.

Cité par Thierry Desjardins,
L'HOMME QUI N'AIME PAS LES DÎNERS EN VILLE (Édition° 1, 1995).

Les Français se divisent volontiers, comme leurs ancêtres les Gaulois si l'on en croit Jules César.

LA FRANCE POUR TOUS (Nil éditions, 1994).

Il ne faudrait pas que renaissent ces coalitions que nous avons connues et qui n'ont pour but que de s'approprier le pouvoir...

Aux assises départementales de l'UDR de Corrèze,
à Égletons (3 octobre 1976).

Vichy

■ Mon père disait que Pétain n'avait mérité ni sa gloire ni son déshonneur. Et moi, je regrette qu'il ait existé.

Cité par C. Clessis, B. Prévost et P. Wajsman,
JACQUES CHIRAC OU LA RÉPUBLIQUE DES CADETS
(Presses de la Cité, 1972).

■ Faudrait-il s'interdire aussi de défendre le travail, la famille et la patrie parce que le régime de Vichy les a fait figurer dans sa devise ?

LA LUEUR DE L'ESPÉRANCE (La Table Ronde, 1978).

Oui, la folie criminelle de l'occupant a été, chacun le sait, secondée par l'État français. La France, patrie des Lumières, patrie des droits de l'homme, terre d'accueil, terre d'asile, la France, ce jour-là, accomplissait l'irréparable. Manquant à sa parole, elle livrait ses protégés à leurs bourreaux.

Commémoration de 53e anniversaire de la rafle du Vel' d'Hiv'
(17 juillet 1995).

Vie privée

Je lis « Le Monde » tous les jours aux cabinets.

En 1966, cité par Pierre Lelong dans LA FAMILLE CHIRAC (Les Dossiers du Canard, octobre 1993).

Je ne confère à personne le droit de savoir quelle est la marque de yaourt que je préfère, si je mange des yaourts. J'ai bien le droit à cela…

Cité par P. Jouve et A. Magoudi, JACQUES CHIRAC : PORTRAIT TOTAL (Carrère, 1987).

Je n'ai pas le souvenir d'avoir cherché ma place dans mon lit. Dès que je ferme les yeux, je m'endors.

Cité par P. Jouve et A. Magoudi, JACQUES CHIRAC : PORTRAIT TOTAL (Carrère, 1987).

Je faisais beaucoup de sport, j'en fais moins.

LE NOUVEL OBSERVATEUR (3 février 1975).

Oui, je fais de la gymnastique… Pas tous les matins, mais je fais de la gymnastique. Et je le conseille à tout le monde.

T.F.1., LE MONDE EN FACE (14 janvier 1988).

Je ne prends guère [de loisirs], mais je le déplore.

LE NOUVEL OBSERVATEUR (3 février 1975).

Vie privée

Je suis quelqu'un de très lent le matin. Quand je me lève, j'ai horreur de me bousculer. [...] Je traîne un peu. Je lis des choses. Et si je ne dispose pas de ce laps de temps, je ne suis pas content, je ne suis pas dans mon assiette.

Cité par P. Jouve et A. Magoudi,
JACQUES CHIRAC : PORTRAIT TOTAL (Carrère, 1987).

Je suis un maniaque de l'économie. Je ne suis pas radin, mais je déteste le gaspillage, notamment en matière d'électricité.

LE FIGARO MAGAZINE (8 avril 1995).

Même dans les périodes très denses, on peut ouvrir un recueil de poèmes et lire quelques vers. Vous partez instantanément dans un autre monde.

PARIS-MATCH (27 avril 1995).

Au matin, je ne suis pas quelq'un qui pense à la mort. Je suis conscient que j'ai été conçu et créé pour un temps plus ou moins long dont le terme est pourtant inéluctable. Métaphysique mise à part, je n'y peux rien. Il ne me reste donc qu'à vivre sans tenir compte de la brièveté de l'aventure.

LES MILLE SOURCES, autobiographie inédite (1977).

Vieux

■ Bien entendu que je me vois vieillir tous les jours… Enfin, je ne vous dirai pas que je me sens impotent, mais je le sens bien.

T.F.1., Jacques Chirac : autoportrait (21 janvier 1987).

■ Le général de Gaulle avait raison de dire que la vieillesse est un naufrage. Et c'est une raison pour laquelle il est si indispensable de construire des digues et des ports, où les vieux bateaux peuvent terminer à l'abri des intempéries.

T.F.1., Jacques Chirac : autoportrait (21 janvier 1987).

Rien n'est plus épouvantable et plus dérisoire que les vieux qui veulent jouer les jeunes. Il faut que chacun soit à sa place. Il y a déjà tellement de jeunes qui sont vieux que ce n'est pas la peine de rajouter des vieux qui voulent jouer les jeunes.

T.F.1., Jacques Chirac : autoportrait (21 janvier 1987).

Vote

■ Les Français peuvent voter bien ou mal, et stupidement s'ils le veulent, c'est leur droit.

La Lueur de l'espérance (La Table Ronde, 1978).

■ Il faut voter avec son intelligence et non avec ses tripes.

Au Grand Jury R.T.L.-Le Monde (20 mai 1984).

Connaissez-vous la mésaventure d'Arrighi de Casanova ?... Ce type s'était présenté à Montpellier dans les années soixante. C'était sa première élection et il avait pris conseil auprès de quelques amis. « L'usage veut que tu ailles saluer chaque président de bureau de vote », lui avait-on assuré. « Avec ma femme ? » « Oui, oui, avec ta femme, ce sera très bien. » Arrighi avait donc consciencieusement passé sa journée à serrer des mains dans les bureaux de vote, en compagnie de son épouse. Au point d'en oublier d'aller lui-même voter. Le soir, il fut battu. D'une voix. La sienne...

Cité par R. Bacqué et D. Saverot, Chirac président, les coulisses d'une victoire (Le Rocher/DBW, 1995).

Zen

■ J'ai toujours été mobile et bougeant. Je ne sais pas pourquoi. [...] Ma mère me disait souvent de me calmer, mais sans succès.

Cité par P. Jouve et A. Magoudi,
JACQUES CHIRAC : PORTRAIT TOTAL (Carrère, 1987).

■ Je suis tout ce qu'il y a de plus zen.

Album-anniversaire des 20 ans de LIBÉRATION (août 1993).

Je ne suis pas un tiède !

ANTENNE 2, L'HEURE DE VÉRITÉ (7 novembre 1983).

Les Français ont envie de dormir et ne supportent que les berceuses. Alors, ceux qui lancent des coups de clairon...

En 1979, cité par Franz-Olivier Giesbert,
JACQUES CHIRAC (Le Seuil, 1987).

Liste des ouvrages consultés

Philippe Alexandre,
Paysages de campagne, *Grasset, 1988.*

Marc Ambroise-Rendu,
Paris-Chirac : prestige d'une ville, ambition d'un homme, *Plon, 1987.*

Jacques Attali,
Verbatim I, *Fayard, 1993.*

Jean Audouin et Catherine Leroy-Gay,
La France culbutée, *Alain Moreau, 1977.*

Raphaëlle Bacqué et Denis Saverot,
Chirac président, les coulisses d'une victoire, *Le Rocher-DBW, 1995.*

Édouard Balladur,
L'Arbre de mai, *Atelier Marcel Jullian, 1979.*

Édouard Balladur,
Passion et longueur de temps, dialogues avec Jean-Pierre Elkabbach,
Fayard, 1989.

Gérard Bardy,
Et vos promesses aux jeunes, Monsieur le Président ?,
Albin Michel, 1996.

Michel Basset,
Jacques Chirac : Les Vertes années du Président,
Journal intime de Marguerite Basset, *Filipacchi, 1996.*

Philippe Bauchard,
La Guerre des deux roses : du rêve à la réalité, 1981-1985,
Grasset, 1986.

Denis Baudouin,
Dans les allées du pouvoir, *Jean-Claude Lattès, 1990.*

Jean Bothorel,
Le Pharaon, histoire du septennat giscardien, *Grasset, 1983.*

Gilles Bresson et Jean-Michel Thénard,
Les Vingt et un jours qui ébranlèrent la droite, *Grasset, 1989.*

Pierre Boué-Merrac,
Jacques Chirac authentique, *Harca, 1995.*

Jean-Louis Bourlanges,
Droite, année zéro, *Flammarion, 1988.*

Michel Charasse,
55 faubourg Saint-Honoré, *Grasset, 1996.*

Claire Chazal,
Édouard Balladur, *Flammarion, 1993.*

Jacques Chirac,
Les Mille Sources, autobiographie inédite, *1977.* *

Jacques Chirac,
La Lueur de l'espérance, réflexions du soir pour le matin,
La Table Ronde, 1978.

Jacques Chirac,
Discours pour la France à l'heure du choix, *Stock, 1978.*

Jacques Chirac,
Discours internationaux à l'Hôtel de Ville de Paris, *1977-1984.*

Jacques Chirac,
Oui à l'Europe, *Le Figaro magazine-Albatros, 1984.*

Jacques Chirac,
Une nouvelle France, réflexions 1, *Nil éditions, 1994.*

Jacques Chirac,
La France pour tous, *Nil éditions, 1994.*

Christine Clerc,
Jacques, Édouard, Charles, Philippe et les autres…,
Albin Michel, 1994.

Catherine Clessis, Bernard Prévost et Patrick Wajsman,
Jacques Chirac ou la République des Cadets,
Presses de la Cité, 1972.

Jean-Marie Colombani,
Portrait du président : le monarque imaginaire,
Gallimard, 1985.

Jean-Marie Colombani et Jean-Yves Lhomeau,
Le Mariage blanc, *Grasset, 1986.*

Gilbert Comte,
Jacques Chirac, l'anti-Giscard, *Régine Deforges, 1977.*

Michèle Cotta,
La VIe République, *Flammarion, 1974.*

Michèle Cotta,
Les Secrets d'une victoire, *Flammarion, 1995.*

P.-B. Cousté et F. Visine,
Pompidou et l'Europe. Préface de Jacques Chirac,
Librairies techniques, 1974.

Jean Daniel,
Les Religions d'un président, *Grasset, 1988.*

Henri Deligny,
Chirac ou la fringale du pouvoir, *Alain Moreau, 1977.*

Thierry Desjardins,
Un inconnu nommé Chirac, *La Table Ronde, 1983.*

Thierry Desjardins,
Les Chiraquiens, *La Table Ronde, 1986.*

Thierry Desjardins,
Pasqua, portrait étonnant d'un ministre surprenant,
Édition° 1, 1994.

Thierry Desjardins,
L'Homme qui n'aime pas les dîners en ville, *Édition°1, 1995.*

B. Destremeau,
Le Cinquième set, *France-Empire, 1986.*

Nicolas Domenach et Maurice Szafran,
De si bons amis, *Plon, 1994.*

Alain Duhamel,
La République de Monsieur Mitterrand, *Grasset, 1982.*

Alain Duhamel,
Le Ve Président, *Gallimard, 1986.*

Olivier Duhamel et Jérôme Jaffré,
Le Nouveau Président, *Le Seuil, 1987.*

Claude Estier et Véronique Neiertz,
Véritable histoire d'un septennat peu ordinaire, *Grasset, 1987.*

Kathleen Évin,
François Mitterrand, chronique d'une victoire annoncée,
Fayard, 1988.

Albert Fabre-Luce,
Les Cent premiers jours de Giscard, *Robert Laffont, 1974.*

Pierre Favier et Michel Martin-Roland,
La Décennie Mitterrand, 1. Les Ruptures (1981-1984),
Le Seuil, 1990.

Pierre Favier et Michel Martin-Roland,
La Décennie Mitterrand, 2. Les Épreuves (1984-1988),
Le Seuil, 1991.

Pierre Favier et Michel Martin-Roland,
La Décennie Mitterrand, 3. Les Défis (1988-1991),
Le Seuil, 1996.

Franz-Olivier Giesbert,
Jacques Chirac, *Le Seuil, 1987.*

Franz-Olivier Giesbert,
Le Président, *Le Seuil, 1990.*

Solange et Christian Gras,
Histoire de la Première République mitterrandienne,
Robert Laffont, 1991.

Emmanuel Hecht et François Vey,
Chirac de A à Z, *Albin Michel, 1995.*

Michel Jobert,
Mémoires d'avenir, *Grasset, 1974.*

Michel Jobert,
L'Autre regard, *Grasset, 1976.*

Michel Jobert,
Ni dieu ni diable, *Albin Michel, 1993.*

Pierre Jouve et Ali Magoudi,
Jacques Chirac : portrait total, *Carrère, 1987.*

Jacques Julliard,
La Faute à Rousseau, *Le Seuil, 1985.*

Jacques Julliard,
Le Génie de la liberté, *Le Seuil, 1990.*

Serge July,
Les Années Mitterrand, *Grasset, 1986.*

Serge July,
Le Salon des artistes, *Grasset, 1989.*

Nicole Kern, Pierre Pellissier et Daniel Seguin,
Une couronne pour deux. Le Secret des grandes manœuvres,
Jean-Claude Lattès, 1986.

François Lancel,
Valéry Giscard d'Estaing, *Belfond, 1974.*

Robert Madjar,
Jacques Chirac, le 12e maire, *Presses de la Cité, 1977.*

Robert Madjar,
L'Autre Chirac : le président raconté par les siens, *Michel Lafon, 1995.*

Raymond Marcellin,
L'Importune vérité, *Plon, 1978.*

Raymond Marcellin,
La Guerre politique, *Plon, 1985.*

Pierre Messmer,
Après tant de batailles..., *Albin Michel, 1993.*

Louis Muron,
Pompidou, *Flammarion, 1994.*

Catherine Nay,
La Double méprise, Grasset, 1980.

Catherine Nay,
Le Noir et le Rouge, ou l'histoire d'une ambition, *Grasset, 1984.*

Catherine Nay,
Les Sept Mitterrand, *Grasset, 1988.*

Catherine Nay,
Le Dauphin et le Régent, *Grasset, 1994.*

Ghislaine Ottenheimer,
Les Deux Nicolas : la machine Balladur *(Plon, 1994).*

Ghislaine Ottenheimer,
L'Impossible victoire, *Robert Laffont, 1995.*

Ghislaine Ottenheimer,
Le Fiasco, *Albin Michel, 1996.*

André Pautard,
Valéry Giscard d'Estaing, *Édipa, 1974.*

Pierre Pellissier,
La Vie quotidienne à l'Élysée au temps de Valéry Giscard d'Estaing,
Hachette, 1978.

Alain Peyrefitte,
Quand la rose se fanera : du malentendu à l'espoir, *Plon, 1983.*

Alain Peyrefitte,
Encore un effort, Monsieur le Président..., *Plon, 1985.*

Thierry Pfister,
La Vie quotidienne à Matignon au temps de l'union de la gauche,
Hachette, 1985.

Alain Redslob,
La Traversée de la Seine. De Matignon à l'Élysée ?,
France-Empire, 1987.

Pierre Rouanet,
Pompidou, *Grasset, 1969.*

Éric Roussel,
Pompidou, *Jean-Claude Lattès, 1994.*

Robert Schneider,
Les Dernières années, *Le Seuil, 1994.*

Daniel Seguin,
Les Nouveaux Giscardiens, *Calmann-Lévy, 1979.*

Maurice Siégel,
Vingt ans, ça suffit !, *Plon, 1975.*

Maurice Szafran,
Chirac ou les passions du pouvoir, *Grasset, 1986.*

Ezra N. Suleiman,
Les Hauts Fonctionnaires et la politique, *Le Seuil, 1976.*

Denis Tillinac,
Dernier verre au Danton, *Robert Laffont, 1996.*

Olivier Todd,
La Marelle de Giscard, *Robert Laffont, 1977.*

Bernard Tricot,
Mémoires, *Quai Voltaire, 1994.*

Véziane de Vezins et Raymond Pronier,
L'Année Chirac, *Éditions 101 & Jean-Claude Lattès, 1996.*

Pierre Viansson-Ponté,
Lettre ouverte aux hommes politiques, *Albin Michel, 1976.*

Hélène Vida,
Mes hommes politiques, *Belfond, 1977.*

Charles Villeneuve,
Histoire secrète du terrorisme, *Plon, 1987.*

Jean-Pierre Winter,
Les Hommes politiques sur le divan, *Calmann-Lévy, 1995.*

** « Les Milles Sources ». C'est à l'initiative de son ami Marcel Jullian que Jacques Chirac accepta, en 1977, le principe d'une autobiographie. Le président du RPR passa ainsi cinq longues soirées (de 20 heures à 2 heures du matin) à discuter devant un magnétophone avec Roland Laudenbach, directeur des éditions de La Table Ronde, Denis Baudouin, ancien responsable de la presse auprès de Georges Pompidou et Marcel Jullian, ancien Pdg d'Antenne 2. Il en sortit un document de 154 pages. « J'ai été stupéfait en lisant le manuscrit, expliquera plus tard Chirac. Je m'exerçais - de mon point de vue - à une sorte de strip-tease sympathique. Je n'ai pas pu... J'ai dit à Marcel [Jullian] : "Non, ce n'est pas possible." » Seul Le Nouvel Observateur en publia des extraits en janvier 1988. Les Mille Sources est le nom originel du plateau de Millevaches, dans le Limousin.*

Le flashage de cet ouvrage
*a été réalisé par l'***Imprimerie BUSSIERE**
l'impression et le brochage ont été effectués
sur presse Cameron
dans les ateliers de **Bussière Camedan Imprimeries**
à Saint-Amand-Montrond (Cher),
pour le compte des Éditions Albin Michel.

Achevé d'imprimer en décembre 1996.
N° d'édition : 15938. N° d'impression : 1/2918.
Dépôt légal : janvier 1997.